Ivan Jablonka est historien et écrivain. Il a publié au Seuil, dans « La Librairie du XXIe siècle », *Histoire des grands-parents que je n'ai pas eus* (2012) et *L'histoire est une littérature contemporaine* (2014). *Laëtitia*, paru en 2016, a reçu le prix Médicis et le Prix littéraire *Le Monde*.

Ivan Jablonka

ÂME SŒUR

ROMAN

Éditions la Volte

TEXTE INTÉGRAL

ISBN 978-2-7578-7018-1
(ISBN 2-9522217-2-3, 1re publication)

On va accoster. Je m'arrime à l'arrière, pour jeter un dernier coup d'œil à cette mer où je ne me suis pas baigné une seule fois. Pas de farniente avec doigts de pied en éventail ; rien que de l'ennui importé. Le sillage du bateau laisse une immense vergeture dans la Méditerranée. Adieu, destinations lointaines qu'on vante niaisement sur les Abribus ! Des matelots attrapent les bittes d'amarrage au lasso ; la rampe, passerelle vers cette terre où je suis né, s'abaisse devant moi.

Dans le wagon-restaurant du TGV, planté devant un gobelet de café, je regarde défiler les paysages de mon pays. Au fond, je ne suis pas mécontent de rentrer. On traverse la Bourgogne. Septembre, c'est le temps des vendanges.

Le métro m'emmène de la gare de Lyon à la gare du Nord. Je m'installe dans le premier Corail au départ avec des familles, des étudiants et quelques bidasses. Le train s'enfonce dans des tunnels, dans les forêts de l'Oise aux couleurs de l'automne, et mon esprit, prenant la tangente, regagne ma pension en plein Rif avec les toits de tuiles vertes et les forêts de cèdres. La voix du conducteur me tire de ma torpeur : « Mesdames et messieurs, nous arrivons en gare d'Amiens. » Nous y voilà.

La présence de papa, au bout du quai, me donne une commotion. Pourquoi il est venu ? On est en pleine semaine, il n'est pas en costard ni même rasé. J'arrive tout juste à esquiver son accolade. Chargé de mon sac à dos, il ouvre la marche : un groom de qualité. On va au buffet de la gare. Il remue longuement son café avec le bâtonnet avant de l'engloutir d'un trait.

Le visage dur, les yeux rivés sur la voiture de devant qui lambine, il fait la gueule maintenant. Moi, à la place du mort, rencogné contre la vitre de la BMW, je regarde défiler les panneaux. On prend la N32, avec ses rangées de peupliers que mon copain Burnod a tatoués d'un sang fortement alcoolisé il y a trois ans – depuis, il roule sans aileron, dans un fauteuil en cuir et alu. Encore quinze bornes et le paysage devient familier. Des publicités au dos des fermes signalent les magasins discount et les centres commerciaux ; le portrait du député local se décompose sur un poste électrique par-dessus une couche de *36 15 Jouir* ; des pneus de semi-remorque maintiennent les toiles de l'ensilage devant les champs de patates. Réduisant à la dimension d'insectes les vaches pleines de bouse, des pylônes EDF traversent la plaine à la queue leu leu comme une cordée de robots. Cinq gosses tondus jouent au foot sur le terre-plein devant les chantiers Piketty : moi il y a dix ans. Voilà, c'est chez nous. Mon pays. Eppailly, steppe, patouille, pouilleux.

Après une sieste, je déballe mon collier en dents de requin, mon narghilé et mon plateau ciselé avec des inscriptions tirées du Coran. Les barrettes de shit trouvent une cache toute prête sous le matelas. Je suis en train de fumer à la fenêtre lorsque papa fait son entrée. S'il m'explique que mon narghilé et mon plateau c'est du toc, je lui suggère d'enfiler son costard et de retourner au bureau dicter des contrats mirifiques à sa secrétaire. Mais non : il s'assoit sur mon lit et, sans chercher à croiser mon regard, il attend que ça se passe. Puis il repart. D'un geste, j'efface la dépression que son regrettable postérieur a formée sur ma couette.

Il frappe à nouveau et le manège recommence, sauf que maintenant il épie chacun de mes gestes.

– C'était bien, ce voyage ?

Ta voix sonne si faux, tu pourrais faire un effort. Par le vasistas, on entend des tondeuses ronronner, des mioches brailler, le chien des voisins aboyer. L'air dégringole le long de l'ardoise brûlante.

– Ouais.

– Frank, ta sœur est… partie.

– Tant mieux, ça va lui redonner la pêche.

Il s'en va, déçu de ne pas avoir réussi à engager durablement la conservation. Dès qu'il a fermé la porte, je respire. Mon cactus me dit qu'en un mois rien n'a changé – tout a changé.

Quand maman pionce, elle ressemble à un nourrisson. Le nez un peu froncé, le poing levé au niveau de la bajoue, la respiration égale et faible, elle s'ébat dans un microcosme très compliqué où rien n'est à sa place. Est-elle le témoin de scènes pénibles, plie-t-elle des serviettes de table pour une cérémonie d'adieux ? Je préfère imaginer que des grains de pollen, envolés du jardin auquel elle a confié son malheur, picotent par en-dessous ses paupières bouffies.

Cet après-midi, elle était en chemise de nuit, pieds nus sur le carrelage, si meurtrie par la lumière du jour qu'à mon entrée elle a placé sa main en visière. Pendant que je lui préparais du thé, elle est restée debout, placide, se demandant dans son petit cerveau ce que je pouvais bien fabriquer. Au bout de cinq minutes, elle s'est déplacée à pas vifs vers le plan de travail, elle a pris deux tasses dans le placard et elle est allée s'asseoir, éreintée par sa petite tournée, la tête si près de l'affiche « Beaux fruits de France » qu'elle aurait pu y figurer comme un coing ou un pamplemousse.

Elle a lapé un peu de thé. En voyant ses doigts à vif crispés sur la tasse, je me suis souvenu que, jeune maman encore, elle n'osait pas tenir Claire dans ses bras, de peur de mal faire ou de tordre le chétif boudin. C'était il y a vingt ans, dans cette même baraque, et ma mémoire à moitié détruite par la bière et le shit situe la scène sur la terrasse, près de la table en rotin avec le plateau en verre. À côté, mon tricycle et des cubes en plastique maladroitement empilés les uns sur les autres.

Maman s'est mise à récolter avec son petit doigt les grains de sucre éparpillés sur la table. Elle m'a souri : on aurait dit une gamine astucieuse que tout le monde félicite parce qu'elle peut passer des heures à s'amuser d'un rien. Soudain, elle a éclaté en sanglots.

– Oh ! mon Dieu, je n'ai plus la force. Mon Frank, tu nous as tellement manqué. Ces derniers jours ont été terribles. J'ai tant prié, tant prié…

Sa crise de larmes ne m'a pas attendri et j'ai quitté la cuisine.

Il fait grand beau. Les bacs en ciment plantés de géraniums débordent d'un parfum dru et poivré. Un couple de petits vieux ratisse un mètre carré de gravier rose pâle, tandis qu'à l'autre bout, une dame très comme il faut remplit un arrosoir à un robinet coulé dans une borne en béton. L'allée où je me promène est lumineuse, monotone, chuintante, jalonnée de photos en noir et blanc où sourient des chauves à lunettes carrées et des vieilles permanentées. J'essaye de prendre une mine grave, mais je ne peux pas m'empêcher de me téléporter à l'époque où on venait avec toute la classe pour écouter jouer la fanfare devant le monument aux morts ; l'image me fait toujours marrer de ce gros porc avec sa moustache de Yougoslave soufflant dans son tuba. En fait, ici, je suis de trop. Comme disait papa en me voyant farfouiller dans son bureau : « Tu n'as rien à faire ici. » Je m'approche quand même. La terre est fraîche comme est

altruiste l'infirmière dont les attentions soulagent
les êtres en fin de course
rancunière la godiche avec bonnet rouge à
pompons qui se prend une boule de neige en
pleine poire
touchante la maman de six ans qu'inquiètent les
rhumes de sa Barbie mariage
tyrannique la toute petite à la tignasse noisette qui
veut priver de lait les chats indociles

La fraîcheur de cette terre, à laquelle ma sœur offre son humidité intime, est conservée par un moutonnement de pétales. Bêtement, je vérifie la date de naissance. La clôture de cette date par une autre, récente celle-là, comme un rendez-vous avec des potes ou comme un retour de vacances, me déconcerte. Ma sœur s'est endormie dans la nuit du quatre au cinq septembre, mais, bien entendu, elle n'est pas ici. La preuve : quand mon doigt recourbé toque contre la croix de bois provisoirement fichée en terre, personne ne répond.

La vie suscite d'étranges attentes. Il n'est pas une jouissance qui ne soit corrodée de l'intérieur par l'angoisse d'en être privé tout à coup. On s'imagine toujours qu'une catastrophe est imminente, on angoisse sans raison, par masochisme, et puis quand ça arrive réellement, on n'y croit qu'à moitié, on doute encore, on blague. Il y a une semaine, à la place que j'occupe en ce moment, ennuyé et distant, sanglotaient coude à coude papa et maman, bonne-maman et bon-papa, mémé, les Jean et tante Mireille, quelques cousins ou grand-tantes dont je n'ai jamais pu retenir le nom, des amis, des voisins, des collègues. Papa a fait son discours, le curé son homélie, bonne-maman a peut-être cité son poème : « Il faut que l'herbe pousse et que les enfants meurent ! » Mais elle, la bonne samaritaine, la ringarde coincée, la lourde emmurée dans ses problèmes, où est-elle passée ? Maintenant, il n'y a plus qu'elle qui manque. Cette scène, où une famille unie acquiesce dignement à la volonté de Dieu, lui aurait beaucoup plu. À quoi joue-t-elle ? Au bout de dix minutes, je perds patience et je m'en vais.

Papa, secondé par maman, a ouvert pour moi le dictionnaire :

Anévrisme. n. m. (du grec *aneurysma*, dilatation). Augmentation d'une artère correspondant à deux fois le calibre normal. Le plus souvent, un anévrisme se remplit progressivement de caillots dont des fragments peuvent emboliser et boucher des artères plus petites en aval. Mais le risque principal est constitué par la rupture entraînant un risque mortel dans trois cas sur quatre. Il peut exister un contexte familial d'anévrisme.

Le chemin du canal est bordé de pissenlits. Les jardins, tapissés de marguerites, encombrés de jouets ou décorés de chutes d'eau dégringolant dans une grotte miniature, s'offrent à moi qui n'ai aucune envie d'y gambader. Je marche droit devant moi, suivant le fil de mes pensées. Mon contexte paternel d'anévrisme m'a convoqué à son club de golf à six heures et demie tapantes : il paraît qu'il a à me parler.

Au niveau de l'écluse, j'entends des portières claquer. C'est un groupe de filles qui descend d'une Clio. Trois anciennes copines de Claire – trois clitoris blottis sous leur capuchon rose. Ces garces vont folâtrer le long du canal. À chacun de leur pas, leurs cuisses se frottent l'une contre l'autre, faisant naître dans leur entrejambe un microclimat moite et odorant, propice à la pénétration. Je ralentis exprès, pour pouvoir les manipuler le plus longtemps possible. M'ayant aperçu, l'une prévient les autres du coude et toutes les trois prennent une gueule d'enterrement.

– Ça va ? dit l'une avec une voix catastrophée.

– Super. Et toi ?

J'apprends qu'elles vont prendre l'apéritif chez Machine avant de retourner en ville pour un dîner « entre copines ».

– Je peux être votre prince charmant pour une nuit ?

Elles sourient avec bonté, me souhaitent bon courage et me plantent là. Des vaguelettes chargées de feuilles mortes s'écrasent contre le métal verdâtre dc l'écluse ; un barbecue enrichit l'air d'un fumet salé. Je songe tristement que Claire n'aurait pas été invitée non plus. Elle était trop chiante, trop catho, pas assez délurée, je ne sais pas. Il est six heures, il faut se grouiller, papa n'aime pas attendre.

J'estime la longueur de l'ancienne propriété agricole transformée en club de golf : au moins cent mètres. En face s'étend le terrain d'entraînement, une prairie constellée de balles jaunes et blanches, pareilles à des œufs de Pâques dispersés sur l'herbe. Au-delà des collines s'étendent les champs labourés. Papa veut me voir. Papa veut parler d'homme à homme. S'expliquer. Vas-y papa, je suis au garde-à-vous.

L'intérieur du club est meublé de tablettes en verre et de canapés où les joueurs peuvent analyser leurs exploits et s'imaginer pour quelques instants qu'ils font partie de la jet-set. Une musique d'ambiance, un coin bibliothèque et une vitrine bourrée de coupes en argent créent une atmosphère classieuse et raffinée – le contraire du chez-soi. En face de la porte d'entrée est dressé un bar américain. Un joueur y est avachi, en train de discuter avec le barman. À peine ai-je grimpé sur le tabouret que deux rombières poussent la porte.

– Bonjour, mesdemoiselles ! s'exclame le barman avec un sourire jusqu'aux oreilles. Qu'est-ce que Serge vous sers-je ?

– Euh, un chocolat, pour moi. Et pour toi, Colette ?

– Tout pareil que toi.

– Va pour deux chocolats !

Le barman s'enquiert de ma présence.

– Et pour vous, ça sera ?

Perché sur ce tabouret de bar à putes, je décapsule ma bière. Une des vieilles s'approche de moi, engageante :

– Vous golfez ?

– Non. J'attends M. Jolivet.

– Ah ah ! fait la vieille en s'approchant, je note une ressemblance frappante, dans le menton, les yeux…

– Monsieur doit être le fiston !

Le barman hoche une tête de connaisseur.

– Vous savez que votre papa, c'est un as !

On le complimente, on me flatte. Un homme en acier que ce M. Jolivet, un incorruptible, parti de rien, il s'est fait tout seul.

Je vais me ressourcer à l'oxygène de la plaine picarde. Enfin, je l'aperçois qui s'amène, les mains dans le dos, légèrement voûté. On fait la navette côte à côte, entre le club et le réservoir ruiné derrière les ronces. Pendant que j'observe, noire sur l'horizon, une colonne de quatre bonshommes arpentant la butte avec leurs caddies, papa me parle de son travail, de sa jeunesse, de la mort, de ce qui est important dans la vie et de ce qui est accessoire. Au cours d'un de ces allers-retours, il arrache une branche de noisetier et s'en fait une badine dont il fouette sa cuisse à chaque fois qu'il admet, avec une impudeur de tapineuse, ses erreurs passées. Pas assez disponible. Trop sévère. Ouais, c'est ça, humilie-toi. Fallait y penser avant, pauvre con, maintenant ça nous fait une belle jambe, surtout à elle. Elle, justement. Claire ceci, Claire cela. Pas assez entourée. Pas assez encouragée dans la danse. Mais oui, papa, t'as raison. Voici venu le temps des radotages et des vœux pieux. T'inquiète pas : plus tard, j'irai fleurir vos trois petites concessions à perpétuité.

Il ressort des souvenirs vieux comme le monde. Pendant des grandes vacances, chez mémé, elle avait aidé la chatte des voisins à mettre au monde une portée de chatons. Si tu te mets à chialer, papa, je ne pourrai pas m'empêcher de te mépriser. De t'imiter aussi. C'étaient six chatons très mignons, tout blancs comme leur maman, avec quelques îles noires posées aléatoirement sur le dos. Et comme, au même moment, les poules avaient eu leurs poussins, elle ne savait plus où donner de la tête. Elle, petite sergent-chef de quatre ans, ordonnait dans l'herbe les boules blanches et les boules jaunes, les attrapait, les câlinait, les faisait couler dans sa menotte potelée, les grondait avant de les mettre à l'épreuve et de les pourchasser à nouveau.

J'entre dans la machine à remonter le temps, direction Chloé, mon amour d'enfance. Premier échec à quatorze ans. Moi, timide : « Il paraît que le lac de Croye est complètement gelé ; tu as déjà patiné ? » Chloé : « Je peux pas, j'ai mon cours de danse avec maman. »

Alors je m'esquive, tout bossu. Plutôt que de noyer ma face parmi les glaçons boueux d'un fossé, écœuré de moi-même, je m'exile au fond de la futaie, un perce-neige derrière l'oreille, un baluchon d'amour en travers de l'épaule. La bouteille de vodka moins trente degrés fait : brr ! brr ! Et l'envol des feuilles au goût de citron vert rince mes poumons que les pétards ont encrassés. Une pie, tortillant sa langue, me jacasse de prendre mon mal en patience et d'élire domicile sur une souche au lieu de larmoyer après ma belle. Comme elle ne vient pas, j'attends, j'attends jusqu'à ce que les bourgeons éclosent. Ils donnent naissance à de drôles d'artichauts feuillus que j'ébouillante de mes pleurs. La lumière des sous-bois trébuche dans les corolles couleur de liquide vaisselle. Un pétard qu'escalade une colonie de mantes religieuses explose soudain dans un boucan de tous les diables : c'est le 14 juillet de la chlorophylle ! La galaxie pétille. Je fais reposer ma gueule de bois sur une litière de feuilles pourries. On y dort bien, mais, juste avant l'aube, les marcassins déboulent de la clairière et dansent autour de moi, déchirant mon chandail, mouchetant mes joues de bébés crottes, mâchant les dernières fleurs de la saison, saccageant le potager où croissaient mes cœurs d'artichaut. Peu à peu, ma douceur me revient, je sais aimer moi aussi. Finies les mains baladeuses, ma gaule ne servira plus qu'à te cueillir des noix, ô Chloé, mon amour. Et puis c'est les frimas, les brouillards de l'âme. Le branleur s'est transformé en bûcheron industrieux. Aimée, je te bâtirai une cabane de fougères. Nous ne fréquenterons personne de ma connaissance. Déjà, sur le toit de chaume, la nuit fait monter les étoiles en neige.

Nouvelle poussée de la machine à remonter le temps. Première fugue à seize ans. Pourtant, je ne suis pas un enfant martyr de la DDASS, j'ai eu une enfance normale et mon père a toujours roulé en BMW. Non, il n'y a pas d'explication, hormis celle-ci : les crêtes gelées de la mer du Nord et les mouettes du Marquenterre se languissaient de moi. Si je ne rappliquais pas dans l'heure, elles menaçaient de prendre mon carnet de correspondance pour y mettre les fientes sur les i. Faire signer ça à son paternel, oh putain ! D'autant que mon vieux n'a jamais été un vieux cool, pas le genre « tiens voilà cinq cents balles mon fils profites-en les bières les femmes ah ah ça ne durera pas toujours ». Mes bulletins, avec leurs chapelets de « Peut mieux faire » et « Si seulement il travaillait », le rendaient dingue, l'impression que j'étais en train de gâcher mes possibilités. Frank, tu es un grand lecteur, apprends à mettre en ordre tes connaissances. Donc les mouettes voulaient chier sur mon carnet de correspondance. Moi : O.K., je rapplique. Alors je fugue pour la première fois de ma vie. Avec ma mob débridée, je monte à quatre-vingts sur la départementale, une Chloé imaginaire vissée derrière moi sur le porte-bagages ; je me prends pour Alain Prost ; le vent du nord fait couler les larmes et les heures que je sèche ; je me fais un chewing-gum avec un épi de blé et je picole le malt des labours. Un camion de foin roulant à deux à l'heure veut ralentir ma course, alors que j'allais finir premier. Je le fais dégager à coups de klaxon et je remporte le Grand Prix. Champagne !

À la fin, lassé d'attendre un signe de la part de Chloé, j'ai mis du sucre dans le réservoir de la Toyota. Nathalie, sa jeune et jolie maman, a cru que c'était la racaille du Triathlon – je me marre. Brave Nathalie, sublime prof de danse, décoratrice d'intérieur à l'occasion, aussi bête que belle. Pourquoi pas les manouches pendant que t'y es ? Elle avait peur qu'ils viennent gâcher le spectacle de danse qu'elle organisait avec Chloé, Claire et les autres filles dans la Maison de la culture. Évidemment, toutes les gamines se mettaient à flipper, ma frangine la première. Moi, même si les médias l'ignorent, je suis une victime de la société de consommation. Par exemple, pourquoi Chloé a-t-elle toujours préféré les galeries du centre commercial, le samedi après-midi, aux petits commerces que je lui proposais ? Alors, pour oublier ma peine, je me suis soulagé dans les boîtes aux lettres des voisins, j'ai imité les cirrhosés du *Chant des oiseaux*, j'ai enculé les mouches au lieu de les occire à la tapette. Ma dérision libidineuse a tellement assailli les filles du collège que, des années plus tard, elles changeaient encore de trottoir en me voyant arriver, moi, insouciant, débonnaire, qui n'ai jamais fait de mal à personne.

Et me voilà aujourd'hui, au retour du Maroc, plus vide que jamais. J'ai lavé mon linge, j'ai fait développer mes photos à Auchan, j'ai revendu un peu de shit, je me suis branlé huit fois et maintenant un désœuvrement mortel me leste. Toute la sainte journée, je tourne en rond dans la baraque en grillant clope sur clope.

Maman est prostrée dans le canapé. Les rideaux étant tirés de jour comme de nuit, le salon est plus déprimant qu'une cave. Pauvre maman, elle a pris dix piges d'un coup. Ses cheveux ramassés par un serre-tête de velours bleu ressemblent à un fagot de bois mort. En me voyant passer, elle se lève ; un faux mouvement projette sa hanche contre le coin de la table. Le choc déclenche une crise de nerfs. Après l'avoir recouchée et bordée, je redescends.

(*plus tard*)

La table où maman se recueille est couverte de coloriages et de photos. En entendant coulisser la baie vitrée, elle se tourne. Ses mains élèvent un dessin de Claire qui représente un papillon, avec pour légende une déclaration d'amour à Nathalie, sa prof de danse. Maman relit pour la dixième fois :

– Chère Nathalie, je passe la semaine à attendre ton cours. Plus tard, je voudrais devenir une danseuse comme toi. Parmi les étoiles, tu es la plus brillante. Ta beauté et ta légèreté font de toi un papillon. Je te fais mille bisous et aussi à Chloé.

Papa se redresse brusquement. Je le suis jusque dans le garage. Là, penché sur les vélos, il enfouit son visage dans ses mains. Ses puissantes épaules tressautent convulsivement. Voir son père pleurer est un déchirement du temps et de l'espace.

(*le soir*)

Papa était dans son bureau, occupé à feuilleter des albums photos. Il m'en a tendu un que j'ai fait semblant de regarder. Pendant que les années tournaient sous ses doigts, je l'ai observé et alors seulement j'ai remarqué combien il avait l'air triste et défoncé de fatigue. Peut-être a-t-il vraiment changé : gueule tombante, yeux de chien battu, son pouvoir de séduction émasculé. Au bout de dix minutes, il a rompu le silence :

– Je suis allé à l'hôpital de Saint-Quentin pour remercier ses collègues. Je me suis paumé là-dedans, c'est mal organisé !

Au moment où j'allais refermer la porte derrière moi, il m'a rappelé : « Frank, viens voir. » Mon prénom, dans sa bouche, m'a fait l'effet d'une injure. Il a dit : « Tu es courageux. » J'ai répondu : « Oui, papa ».

Le clair de lune décolore les cèdres. Mon œil nyctalope reflète pour la dix millième fois les prétentions de l'*Épervier*, de la *Maryvonne*, de la *Brise de mai*, grises caravelles paralysées dans l'asphalte des allées. La 106 de ma sœur démarre au quart de tour.

Sur les sept mille francs que j'ai tapés à Claire avant de partir au Maroc, il en reste plus de deux mille. C'est donc moi qui envoie les premières tournées ; Éric paiera la suivante. Écroulé dans le fauteuil du bowling, enveloppé par le brouhaha des jeunes livrés à leurs petites joutes du samedi soir, j'écoute mes vieux potes résumer leur été. Le bruit de la boule qui roule me berce. Tout ce qui brille n'est pas or, mais ça m'éblouit : le plancher ciré où stagne la lumière des néons, les miroirs de quinze mètres de long, les chopes autour desquelles des majuscules s'enroulent, le ceinturon de la petite blonde en jean, adossée au bar. Je bois trop. Jeff me fait signe de lui passer les chaussures.

Cette nuit, le quai est merveilleusement calme. Les battants se referment sur le vacarme de la salle et je pose ma chope à portée de main. L'enseigne du bowling colorie le bitume en rose fluo. Mes chaussettes, ôtées sans les mains grâce à la dextérité de mon gros orteil, flottent immobiles sur l'eau. Le froid de la mort m'envahit.

Burnod s'indigne derrière moi :

– Il paraît qu'ils vont augmenter les cotisations, ces salauds !

Je hausse les épaules. Sa masse auréolée de rose fluo me surplombe. Tout à coup, une idée me vient :

– Tu t'es déjà baigné dans le canal ?

Il recule, comme si je voulais l'y précipiter avec toute sa ferraille roulante.

– Mais non, c'est dégueulasse !

Il revient bientôt à mon niveau, essaie de me changer les idées :

– Alors, c'était cool le Maroc ?

Ses incitations me laissent froid. Je plisse les yeux en direction d'une barge en fer de vingt ou trente mètres dont on ne peut deviner le chargement. Intrigué, il scrute l'obscurité pour tenter de distinguer l'objet d'un si grand intérêt.

– Alors, le Maroc ?

– Si t'étais un vrai pote, tu m'aiderais à récupérer mes chaussettes.

– T'es complètement bourré, toi ! s'exclame-t-il joyeusement en me tapant sur l'épaule.

Au même moment, un gringalet vient nous annoncer, au comble de l'excitation, que Jeff a réussi quatre *strikes* d'affilée. Burnod le suit en poussant des cris de guerre, me laissant seul avec les chopes vides. Les battants vitrés se referment et je peux jouir à nouveau du silence. Un couple passe dans les traînées roses du bowling, insoucieux des prouesses de Jeff et des drames qui se nouent dans les chaumières.

– Eh ! Ma sœur a claqué, ça vous inspire quoi ?

Le couple accélère le pas. N'ayant plus personne à baratiner, je décide de rejoindre les autres.

Éric et deux copains à lui sont en train d'encourager un Jeff speedé et blême, absorbé par son entraînement qui consiste à secouer énergiquement la main pour s'assouplir le poignet et se détendre l'avant-bras. Une bière m'attend à ma place. La boule glisse sur le bois ciré, paf ! Je n'ai pas besoin de me retourner pour savoir qu'il n'a renversé que deux quilles.

– Tu crois qu'elle veut ramasser ? me demande Éric en désignant la blonde du menton.

Une tragique méprise fait qu'au même instant la fille se retourne et me toise avec un air de profond agacement. Je franchis les dix mètres qui nous séparent, je m'agenouille et j'étreins ses jambes. Les conversations cessent instantanément, la fille se débat, ses copains rappliquent en force, on frôle l'incident. La foule me montre du doigt, tandis 6qu'indifférent aux murmures je m'accroche de plus belle. Ils me font lâcher prise. Pendant que Burnod explique mon cas, Jeff m'envoie cuver mon alcool ailleurs.

Il n'y a plus de lumière dans le bureau de papa. Les ténèbres du jardin ouatent la pièce. Le jour, la lumière pénètre à flots par la fenêtre d'où l'on voit les framboisiers et, près de la haie, le pommier de maman. Le bureau reflète les principales qualités de papa : ordre, netteté, rigueur.

À mi-hauteur du mur, entre un guéridon et un meuble où s'alignent classeurs, annuaires et bouquins techniques, est exposée une photo de nous quatre sur la plage en Bretagne. La photo n'est pas dotée d'un cadre tout bête, non, elle est mise en valeur, sous le verre, par plusieurs rectangles de carton blanc crème emboîtés les uns dans les autres : le savoir-faire artistique de maman. Sur la photo, papa a un air renfrogné, maman sourit niaisement à l'objectif et Claire, en maillot de bain une pièce, déborde de joie. Quant à moi, je suis égal à moi-même : je pose pour une belle photo de famille qui servira à décorer le bureau de papa dans un cadre fabriqué par maman.

Je caresse le visage de Claire.

C'est fini.

Je suis couché maintenant. Je ne veux plus dormir, de peur de la perdre à nouveau, de peur d'entrevoir dans mon sommeil des choses monstrueuses, de peur d'être emporté à mon tour, d'un clac indolore par lequel une veine explose dans ton cerveau et te tue. Morte pour de bon, pour de vrai, ma sœur si confiante. Fécondée par miracle comme la Vierge Marie, elle est enterrée avec ses enfants innommés, avec mes neveux et mes nièces qui chatouillent son épiderme, remontent en colonies le long de ses cuisses et grouillent dans ses parties génitales. Ils la grignotent de l'intérieur, ils la picorent, ils absorbent ses chairs, ils mordillent les pointes de ses seins morts, ils la tètent, ma pauvre sœur dont le sourire s'ensable sur une plage de Bretagne, ils la boivent, la sirotent, la sucent, la tarissent, si bien qu'elle rétrécit à vue d'œil ; Claire rapetisse, diminue, se dissout dans mon estomac gonflé d'acide gastrique ; elle ouvre ses yeux couleur framboise et voit, à travers le liquide amniotique, ses mains délicates d'embryon, ses genoux à peine ossifiés, ses doigts de pied de trois millimètres que le tuyau d'une IVG tardive va bientôt aspirer. Si encore la précieuse dépouille se mêlait à la terre pour s'y décomposer ! Mais non, c'est compter sans le cercueil dont les parois tapissées de velours collent des allergies à ses joues beigeasses. Elle aurait bien besoin d'un masque de beauté, ma pauvre sœur, comme au temps de ces après-midi de récupération où les rondelles de concombre bourgeonnaient sur son visage. Hélas ! C'est elle maintenant qui dégorge au fond de son cercueil, suspendue dans un puits de béton ; car désormais ma sœur est une chose sale, un nid de bactéries, une immondice qu'on isole pour empêcher qu'elle contamine les nappes phréatiques où s'abreuve la soif de vivre des vivants. Les pas de papa résonnent dans le couloir. Je me blottis contre le mur. Il tient un tire-bouchon à la main et dans l'autre une casserole de goudron fondu. Le bas de son visage est couvert par un masque de chirurgien. Une matière bouillante et visqueuse se déverse dans ma bouche, dans mes cavités nasales, dans mes oreilles, dans mon anus hurlant, alors que papa m'avorte et qu'un microsillon tourne et tourne sans fin au centre de mon cerveau. Une valse muette emporte Claire endormie, la chambre, la maison, les voitures, la résidence, tout.

Maintenant, paraît-il, elle vit en Dieu. Les travaux manuels auxquels je m'adonne depuis cinq heures du matin n'ont donc rien de choquant : si je sculpte des figurines dans la mie de pain (papa, maman, elle et moi), si, sur les quatre, j'en balance trois à la poubelle et si j'ingère celle qui reste, ma sœur blanche, ma très douce, Claire la digeste, ce n'est pas une faute de goût, c'est plutôt pour communier avec elle en l'assimilant à ma chair.

Avec mon doigt, je tente de dessiner les contours du vide que son absence crée : l'ordre parfait de sa chambre doit bien ménager quelque part, en son sein, un espace vacant encore tout chaud d'elle-même. Mais ici il n'y a que du plein. Dans les objets que maman a laissés dans sa chambre, saturés d'elle-même, Claire est si présente que j'en ai des visions, aussitôt brisées par des paniques – grelottements de camé en manque. Alors, violant les tiroirs comme à mon habitude, piochant au hasard dans l'armoire, éventrant les dossiers, je la rassemble fiévreusement en moi-même ; je soupèse ses bibelots ; je mâche ses polycopiés ; je me déforme la tronche à l'intérieur de ses collants. Mais, dès que ma névrose se calme, je me retrouve devant une pyramide d'objets inertes, stupides. J'ai beau entasser ses biens les plus intimes et ses porte-bonheur les plus chers, mon pillage n'a d'autre effet que de me faire sentir plus fortement qu'elle n'existe pas.

Et dire que je n'ai même pas entendu les lamentos de la famille au cimetière.

– Elle nous a précédés dans la maison du Père.

– Son prénom était synonyme d'altruisme et de joie.

Hôte d'une pension miteuse où j'ai échoué en plein mois d'août, larve d'une chambre emplie du braiment des ânes et des appels du rémouleur qui montent de la rue, j'ignore qu'elle est morte, car, au moment où elle passe l'arme à gauche dans son lit, l'oisiveté des vacances me plombe et la fumée s'exhale paisiblement de mes poumons rieurs et spiralés. Je n'ai jamais pensé que ma sœur pourrait claquer avant moi. Aucun pressentiment, aucun rêve, aucun coup de fil ne vient m'apprendre le drame en cours – ici, dans cette bourgade marocaine au sommet des montagnes, c'est le bout du monde. Mais déjà les vacances sont finies : il est temps de rentrer chez papa-maman. Alors je dévale sur les fesses l'encolure de la montagne, je rampe dans la plaine caniculaire, les quais du port s'allongent démesurément et me voilà sur le bateau, accoudé au bastingage, abasourdi par le souffle du large.

La balançoire en plastique, menaçant d'expédier le gamin dans les airs, fait crisser le portique. Le long du grillage, à l'endroit où j'ai rencontré les trois pouffes l'autre jour, un berger allemand arrose des pissenlits avant de courir rejoindre son maître qui jogge le long du canal.

Je marche à pas lents, je me traîne, halant des souvenirs plus ou moins inventés, plus ou moins émouvants, enrichis par les sentiments des autres. Afin de recoudre ma vie défigurée comme par un bec-de-lièvre, je recompose ma sœur, je la comble mécaniquement de mes regrets. Mes grands panards foulent l'herbe dont sa bouche a été si souvent garnie par mes soins, tandis que le fantôme de Chloé pirouette devant moi, entre les bouleaux, pour se foutre de ma gueule. En fouillant dans ma caboche, je trouve mille petits faits pour lesquels Claire aurait mérité ma protection de grand frère ;

mais les qualités que je lui trouve aujourd'hui la dénaturent et, à la fin, je ne reconnais même plus la gamine aux robes dégueulassées de boue que dans le jardin j'ai tant poursuivie et piétinée, la victime geignarde de mes pièges, celle avec qui j'ai grandi et que j'ai si bien dépossédée de tout attrait.

Le canal n'étincelle pas car le soleil est caché derrière un nuage aux franges éblouissantes. Des canettes, des bidons et des paquets de cigarettes flottent à la surface de l'eau. Je triture ma mémoire, penché au-dessus des chiffonnements de couleur qui défont le paysage et dans lesquels mon enfance et le temps présent se rejoignent, comme dans les films à l'eau de rose lorsque l'image brouillée introduit un flash-back. Mais Claire n'est plus une gamine, Chloé non plus. Chloé vit sa vie sans moi et Claire est passée de l'autre côté du canal.

Bonnes gens, vous ne nous avez pas déçus !

Ils ont tous rivalisé de gentillesse : la famille proche et éloignée, les fâchés comme les exclus, les copines perdues de vue comme Maïté Valentin, Cécile Klein, Julie Clamart, Agnès Walsch, les amis de papa et maman, les Sacré, M. Hubert et sa truie, Claude « Petrucciani » Rochefort, les voisins, Clamart, Maiertz, Demailly, Klein and co, le personnel de l'hôpital de Saint-Quentin, le patron du service de gériatrie, la directrice de l'école d'infirmières, la salle des profs de Jean-Racine au grand complet, la mère Sernand, le père Gras, le patron et les collègues de papa, le CE, les amies du club de patchwork de maman, le père Hussier, les commerçants depuis la pharmacienne jusqu'au boucher, le conseiller financier de La Poste, le percepteur, les gendarmes, l'adjoint au maire… Tous ces « Nous nous souviendrons toujours », tous ces « Jamais tu nous quitteras » me font bien rigoler. Ces taches se prennent pour Aznavour. Dans la lettre de Bordier, qui fut la plus nulle de tous les profs d'anglais de sa génération, je trouve cette émouvante confidence : « En classe, sa joie de vivre me distrayait de mes soucis de famille, et Dieu sait s'ils étaient grands. » Elle a fumé la moquette ou quoi ? Et cette perle des Maiertz : « Elle était aussi attentionnée qu'une vraie maman. » Mais la palme de l'hypocrisie revient aux Clamart : « Jamais nous n'avons connu une jeune fille aussi généreuse, aussi gaie, aussi soucieuse de faire le bien autour d'elle. » Amen !

Les lettres de condoléances sont une bassine dans laquelle les gens viennent se laver les mains, comme Pilate. Mais bientôt leur concision m'angoisse : une voie rectiligne supprime les détours dans lesquels je m'égare et gaspille mes forces, moi qui n'ai pas le sens du raccourci. Moi qui veux fignoler dans le regret. Moi qui fais des chichis nécrologiques. Tous, ils savent trouver le mot juste, rendre hommage. Pas moi.

À la fin je me suis énervé et, si je n'ai pas foutu le feu à ces saloperies, c'est par égard pour maman qui finira par les encadrer toutes.

Tout a basculé un jour que je prenais la mesure du talent de Burnod au billard.

– L'ordure, il a vraiment trop de bol ! siffle le copain d'Éric, un gaillard taillé comme un nageur olympique, alors que Burnod réussit à rentrer la dernière boule et la noire en un coup.

Je fais le tour du billard avec Burnod pour serrer la paluche à nos adversaires.

– Tu vois, mon vieux : dans la vie, il y a ceux qui rentrent la noire et ceux qui rentrent la blanche. Toi, tu raques !

Éric et son collègue partent vers le bar derrière lequel Alain, hirsute et la Gitane au bec, les vanne en leur servant les demis qu'ils nous doivent. Pendant qu'on siffle nos bières, Éric interpelle une fille rivée devant son jeu de kung-fu. Elle n'entend pas.

– Une vraie galette, celle-là !

Au moment où je m'apprête à commander d'autres bières, une main se pose sur mon épaule. Je me retourne et reconnais d'autant plus vite Johnny qu'il n'a pas trop changé, si l'on excepte le fait que ses abdos se sont ramollis et que son minois de beau gosse est devenu une tronche de beauf. Je ne sais pas si je dois me réjouir ou rester sur mes gardes ; mais ses bafouillages liminaires me rassurent. Éric l'ignore royalement et va rejoindre les autres au comptoir. Je m'appuie contre le billard.

– Frank, je suis venu. À l'enterrement.

Mon sang se fige.

– Comment tu as su ?

– C'était écrit sur le journal.

Ses yeux jaunes s'embuent de larmes. Changeons de sujet : on ne parle pas de ça avec n'importe qui, encore moins avec les ivrognes.

– Et qu'est-ce que tu fais dans la vie ? dis-je avec un excès d'intérêt, comme on fait avec les bambins et les débiles légers.

Il essuie ses yeux avec colère, comme s'il voulait frapper.

– Ta sœur, elle n'était pas heureuse.

– Qu'est-ce que tu veux dire par là ?

– Je veux dire que dans sa vie elle n'était pas heureuse.

La moutarde commence à me monter au nez.

– Tu ne veux pas te mêler de tes oignons ? T'es heureux, toi, dans ta vie ?

Ses yeux lancent des éclairs de haine. Il cogne sur son casque.

– Non, mais c'est pas grave, c'est dans l'ordre des choses.

– Bon, alors n'essaie pas de psychanalyser les morts.

– Ah ! Tu le prends comme ça, intello de mon cul ? Mais t'étais pas là, toi. T'as séché une fois de trop, Frankie. Moi je la connaissais, ta sœur, et moi je te dis qu'elle s'est foutue en l'air parce que personne n'en avait rien à branler d'elle.

Sans réfléchir, je lui envoie une patate en pleine gueule. Il tombe à la renverse sur une table, les verres explosent, je lui saute à la gorge. Les autres rappliquent, nous séparent et me ceinturent pour empêcher que je le massacre. Alain va le relever entre les tables.

– Casse-toi, lui dit posément Alain avant de retourner derrière son zinc.

Johnny, une main sur sa bouche en sang, me regarde droit dans les yeux – plutôt gentiment, d'ailleurs. Enfin il se retire ; on entend sa Kawasaki vrombir et s'éloigner. Les autres me libèrent.

– Ça c'est bien les losers, fulmine Éric, ils ont toujours besoin de salir les autres.

Quelqu'un s'amène avec une balayette.

– Allez, dit Alain, je paie la tournée.

Une heure plus tard, je quitte le *Chant des oiseaux* dans la 205 GTI de Jeff, encore tout tremblant.

À partir de ce moment, j'ai commencé à avoir des doutes et la machine à fantasmes s'est mise en route. La première fois que j'ai flairé le mensonge, ce mensonge que papa et maman m'ont fait gober, il sortait de moi en un long cylindre odorant – car j'étais aux chiottes.

Ces chiottes, installées dans un renfoncement de la salle de bains mais séparées de celle-ci par une porte en verre cathédrale, sont violemment chargées d'histoire. De mon histoire. De mes tourments. Quand mon père en sortait après y être resté une heure avec son journal, les deux mètres cubes étaient devenus une vraie chambre à gaz. Comment voulez-vous respecter le chef de famille quand vous respirez l'odeur de sa merde ? Ce souvenir est à l'image de mon amour filial : je le suis à la trace alors qu'il me dégoûte. Une vraie malédiction. Et puis il y a la carte. Ce beau planisphère avec les pays, les capitales et tout le tralala, combien de temps j'ai passé à le regarder ? Pas étonnant avec ça que j'aie envie de voyager. Quand je pisse, ma tête arrive au niveau du plateau de Sibérie centrale, Toura, Iesseï, Olenek, Ierbogatchien, Jigansk, et je joue à écrire mon prénom en lettres d'or dans la neige. Quand je chie, je règne du haut de mon trône sur les Africains, les Papous et les peuplades qui crèchent sur les confettis de l'océan Indien.

Dès que je pénètre dans la salle de bains, je pense à sa conceptrice, prof de danse de haut vol, décoratrice d'intérieur, notre artiste locale, j'ai cité Nathalie, mère de Chloé et accessoirement ex-meilleure amie de maman. Il y eut un temps où elles se faisaient des « thés artistiques » au cours desquels Nathalie analysait ses *Fenêtres à l'infini* tandis que maman dévoilait en rougissant les scènes du Déluge qu'elle avait dessinées pour les enfants polios de je ne sais plus quelle institution. Et puis ça s'est arrêté. Comme moi avec Johnny. De toute façon, maman s'est toujours trouvée nulle par rapport à Nathalie ; ces thés ne lui faisaient aucun bien, ni à moi d'ailleurs, puisque Nathalie ne s'est jamais pointée avec sa fille. Bref, elles auraient mieux fait de se fâcher avant que notre salle de bains soit l'innocente victime du talent de Nathalie.

Mais non, je plaisante. Il ne faut pas toujours critiquer, comme aurait dit ma pauvre sœur. Je reconnais donc que l'inspiration de Nathalie a donné chez nous des résultats assez heureux. Le mariage du bleu roi, du bleu ciel et du blanc confère à l'ensemble la douceur des presqu'îles. Les bancs de sardines collés au fond de la baignoire, les drapeaux cousus sur les peignoirs, le rideau de douche incrusté de petites ancres, sans oublier les bouées minuscules dont nos quatre brosses à dent sont baguées, déclinent le thème marin. Souvent, je vogue dans cette harmonie, les yeux clos, caressé par une brise de mer qui n'a rien de salé ; je nage sous la douche comme dans les flots d'une crique caraïbe ; le bleu des gants de toilette semble avoir été puisé aux délicates veines qui affleurent sous la peau de ma queue.

L'œuvre s'intitule *L'Incitation au voyage*. Génial, n'est-ce pas ? Pourtant, je ne me souviens pas qu'on ait jamais appelé la salle de bains autrement que par son nom usuel. Qui a payé Nathalie ? Mystère et boule de gomme. Maman lui a bien fabriqué un cadre pour ses photos de vacances, mais il s'agissait moins d'un salaire que d'un remerciement. Alors ? Je me plais à croire que papa s'est chargé de rémunérer en nature la superbe Nathalie aux caleçons léopard et aux horoscopes toujours positifs. À l'époque, papa insistait beaucoup auprès de maman pour qu'elle invite Nathalie à la maison : « Claire sera si contente d'avoir sa prof de danse à dîner ! » Ouais, ouais, et toi tu seras si content de pouvoir la peloter dans les coins ! Mais non, voilà encore du mauvais esprit, les dénigrements d'un frustré. Papa est un homme foncièrement moral, sa droiture en impose aux prolos comme aux friqués. Témoins toutes ces lettres de condoléances qu'on a reçues.

Je chie sur toutes les chorégraphies de Nathalie, sur ses tableaux et sur toutes ses autres œuvres, sauf sur la première, la plus belle, la plus douloureusement réussie, que je n'ai jamais eu le droit de toucher. Longtemps, j'ai espéré que Chloé viendrait se baigner dans notre *Incitation*, après une tendre nuit d'amour passée entre mes bras. Mais papa n'aurait jamais accepté que je fornique sous son toit. C'est injuste : pourquoi n'aurais-je pas le droit de coucher avec la fille si papa s'est envoyé la mère ? La seule fille qui s'y dénuda jamais fut donc ma sœur. Je me souviens qu'il y a trois ou quatre ans, poussé par un besoin pressant, j'ai ouvert la porte au moment où elle sortait du bain. Elle m'a chassé à grands cris, mais j'ai eu le temps d'entrevoir ses seins, ses hanches plutôt larges, son sexe châtain.

D'habitude, donc, cette salle de bains me rend tout mélancolique et ces chiottes attisent ma vocation de globe-trotter ; mais cette fois-ci, j'y suis entré sans trouble ; et, quand j'ai été bien installé, j'ai réfléchi à ce que Johnny m'avait dit.

Du mauvais esprit, les dénigrements d'un fils indigne, peut-être – mais depuis ce jour j'observe maman attentivement, surtout lorsqu'elle me parle de tragédie et d'injustice. Au lieu de « communiquer » avec elle, je sonde l'édifice à la recherche de la faille, je pèse ses mots suspects de fraude, je filtre ses larmes.

Sur le tableau Velleda de la chambre de Claire, j'aligne les phrases en me demandant de quelle manière ma frangine a tiré sa révérence. À chaque fois, le cadavre jaillit de sa boîte :

– Frérot, comment aurais-je pu transgresser la loi de Dieu ? Tu le sais bien, je n'étais qu'

> une Mère Teresa infiniment miséricordieuse, veillant des nuits entières au chevet des pécheurs condamnés
> une nymphe de la clairière, amie des oiseaux et des racines enfouies sous la terre
> une star de douze ans qui se dandine sur Flashdance
> une jeune mystique veillant jalousement sur ses Choco BN, coudes plantés dans la moquette, natte coincée entre les omoplates, langue pendante dans le désert de pierres où Vil Coyote allume une mèche reliée à des bâtons de dynamite

– Je t'assure, frérot, il n'y a vraiment aucune raison de douter. Nous avons grandi dans un milieu protégé.

– Alors rendors-toi, crétine.

Je vais faire quelque chose de surhumain, à côté de quoi les exploits de Goldorak ne sont que vains trépignements. L'occasion est trop belle de solder les comptes. Aller voir Chloé chez elle, lui parler sans amertume, lui présenter une plaie sèche et désinfectée.

Je prépare ma visite d'État à une table du *Chant des oiseaux*. Pendant que les cônes me font tourner la tête et qu'une danseuse du ventre ondule à travers la fumée, le jeu de kung-fu émet des sons bizarres.

Je sors du *Chant*, la mèche au vent, cédant à l'air du temps mille effluves de roteuse. Personne en ville : les gens bossent, les gosses sont en classe. Un petit sursis encore : je vais me payer une gaufre.

Déjà cinq heures. Il faut y aller. La 106 s'élance dans la campagne.

Je sonne. La silhouette de Chloé s'esquisse à travers la vitre. Le choc. Ça doit faire cinq ans que je ne l'ai pas vue. Au moment où elle ouvre la porte, le soleil apparaît, ses longs cheveux dénoués s'éclairent et elle reçoit en partage la lumière de Dieu qui l'a élue entre toutes les mortelles.

Je la vois qui hésite, qui regrette déjà d'avoir ouvert. C'est ainsi depuis toujours. Celle pour qui j'aurais tout donné ne m'a jamais fait l'aumône d'un regard. Un plongeoir me conduit au bord du vide.

– Ma sœur…

Impossible de sauter. Chloé me dévisage avec compassion.

– Oui, j'ai appris, c'est horrible.

– Quand est-ce que tu l'as vue pour la dernière fois ?

Elle hoche la tête dubitativement :

– Au cours de danse de maman, peut-être.

– Sept ans au minimum.

– Oui, ça doit faire sept ans.

– Et mon père, quand est-ce qu'il est venu voir ta mère pour la dernière fois ?

Ses pommettes sont des coquelicots frissonnants et je vacille comme un champ de blé autour d'eux. Elle referme la porte.

Mon amour, je te regarde t'éloigner à travers la vitre. Que l'ivresse du malheur m'emporte, moi le chien en rut, bavant, servile, moi le puceau de vingt-cinq ans !

À l'hôpital de Saint-Quentin, toutes les collègues de Claire ont loué son dévouement et son courage face à la souffrance humaine. Ça m'a laissé songeur. Je n'arrive toujours pas à apprécier ses qualités de cœur.

L'interne, en bon professionnel de la mort, m'a assuré qu'il comprenait parfaitement ce « sentiment d'absurdité où tout est aspiré comme dans un siphon ». Tant mieux pour lui. Il était au courant que Dieu était venu cueillir Claire dans son lit ; et c'est pourquoi, sans que j'aie rien demandé, il m'a pédagogiquement expliqué qu'elle était décédée sans douleur, passant dans son sommeil d'une inconscience à une autre, le cerveau gorgé de sang.

Je lui ai demandé comment elle était la dernière fois qu'il l'avait vue. Il m'a répondu qu'elle était tout à fait normale, mais qu'elle se faisait du souci pour une amie qui venait d'avoir un accident de voiture. Il a ajouté qu'elle avait été toute surprise d'apercevoir son père dans la cour de l'hôpital.

– Mon père ?

– Oui, elle me l'a montré de cette fenêtre en me disant : hein qu'il est bel homme ?

– Et puis ?

– Ensuite, elle est partie à sa rencontre.

Belle fin. Je l'ai remercié pour tout et, avant de quitter les lieux, je me suis imprégné de ces couloirs impersonnels, aseptisés, dans lesquels elle a parcouru tant de kilomètres avec son chariot, nue sous sa blouse.

Dimanche, en début d'après-midi, aux chantiers Piketty. Depuis que je fréquente ce coin, les arbres ont toujours été blancs de poussière. À dix mètres, une pelleteuse orange fluo, comme foudroyée en plein effort, butte contre des sacs de ciment empilés près d'un tas de sable. La tête au frais, je m'adosse à une bétonneuse qui offre son rectum noir à l'astre du jour. Ces tas de sable, c'est tout une histoire. Johnny, Jeff, Éric et moi, les panneaux volés… Mais ma mémoire est bloquée.

Je me suis tiré en plein milieu de la réunion de famille ; maintenant ils enragent. Larmoyez en chœur, faites retentir le living-room de vos jérémiades, congratulez-vous à coups de Bible si ça vous chante, mais sans moi.

D'abord, papa est allé chercher bonne-maman dans sa BMW. Voilà un gendre bien serviable ! Pomponnée de frais, badigeonnée d'anti-cernes, sa frisée bien ficelée sur le haut du crâne, maman présente aux invités ses pickles, d'« appétissants cubes de pomme et de gruyère piqués sur un cure-dent », tout en se félicitant que cette année le pommier nous ait donné des fruits magnifiques. Les petits cousins se font réprimander par bon-papa parce qu'ils rotent du Coca. Le gratte-papier essaie d'impressionner l'avocat d'affaires avec son cognac XO.

Soudain, je meugle. Apeurés, les regards convergent vers moi.

– Voilà, je pensais, comme ça… Quelqu'un sait faire les autopsies ?

Consternation dans l'assemblée.

Maman est un robinet qui fuit.

Mais déjà tante Chantal arrive à la rescousse :

– Et sinon, comment s'est passée cette petite escapâââde au Maroc ?

Ciao tout le monde. Maintenant, mes bien chers frères, mes bien chères sœurs, vous pouvez toujours prier afin de surmonter cette épreuve. Son abnégation, mon égocentrisme ; son sens de la famille, mon côté sauvageon.

Je flatte de la main la croupe des machines-outils orange fluo. Le sable de chez Piketty est-il plus sec que celui du Sahara ? Je force la serrure du cabanon préfabriqué et je m'allonge sur le grabat des ouvriers, à mon aise.

Maman a ingurgité une double ration de somnifères et la clochette du boulot a carillonné de nouveau aux oreilles de papa. Ce soir, il y a une soirée fumette chez un copain de Jeff, mais ça me gave. Leurs plans foireux commencent à me faire chier. Je préfère zoner sur les chaînes du bouquet TPS jusqu'à deux heures du matin, après quoi je m'aventure dans la cuisine où papa et maman, attablés face à face, attendent d'avoir quelque chose à dire.

Mes parents vivent dans leur bulle. Pas la même bulle, faut pas rêver. Papa dit « un vent à décorner les cocus » et lit *Paris-Match* à la messe alors que maman dit « la prière ne me soulage plus » et feuillette *Maisons et Jardins* en lampant une tasse de Darjeeling. Ils végètent dans deux bulles posées côte à côte. Parfois, ils se font des signes à travers le plastique.

Ma chaise est vide, comme celle de Claire. À mon entrée, ils lèvent la tête. Papa, en polo beige et pantalon de toile, me fait signe de prendre place à côté d'eux.

– Avec maman, on voulait te proposer de partir quelques jours chez mémé, histoire qu'on passe un peu de temps ensemble. Lancieux, c'est bon pour se retrouver. Tu nous as beaucoup manqué, ces temps-ci. Ç'a été dur…

Il respire un grand coup.

– … très dur.

Mon champ de vision se réduit aux miettes sur la table.

– Je pensais y aller tout seul.

– Comme tu veux, dit papa.

Un silence s'installe, pacifique et transparent. Je suis là, dans la cuisine, avec mes deux parents réunis, déchargé d'un poids énorme.

– Papa, quand tu es allé la voir à son stage de gériatrie quelques jours avant sa mort, elle était plutôt gaie ou stressée ?

Il ferme les yeux et, avec le pouce et l'index, pince la peau entre ses deux yeux.

– Elle était contente, mais elle disait que le boulot était dur. Qu'on y voyait des choses terribles.

Le doux silence de tout à l'heure revient. Papa prend sa respiration mais referme la bouche aussitôt, comme s'il s'était ravisé. Il recommence et, ce coup-ci, ça sort :

– Tu sais, on devrait essayer de communiquer davantage. Se dire bonjour chaque matin, se raconter la journée au dîner, reconsidérer sa position quand on n'est pas d'accord. Dire qu'il faut un cataclysme pour comprendre quelles sont les vraies valeurs de la vie. Mais il n'est jamais trop tard pour se dire qu'on s'aime, hein ?

Pendant qu'il parle, maman me regarde avec intensité. Quand papa a fini, elle ajoute, comme en conclusion :

– Tu m'aideras à trouver une photo pour elle ?

Je lui souris. Pauvre maman, si frêle, si détruite, si vilaine avec ses cheveux blonds qui sont redevenus blancs à la racine. Plus le temps d'aller au salon de coiffure.

Ça ne s'est pas passé comme ça, évidemment. On rejoue la scène.

Dans la cuisine, papa et maman dînent en tête à tête sans se parler. Ma chaise est vide, comme celle de Claire. Papa me fait signe de prendre place. Je voudrais oser ressusciter avec eux ses habitudes, ses caprices, ses tics de langage bourgeois, sa gentillesse à toute épreuve, la stupéfaction qui la pétrifiait lorsque je sortais de table avec mon plateau-télé. Un bâillement irrépressible manque de me décrocher la mâchoire.

– Je suis vanné.

Le regard courroucé que papa me décoche me cloue comme un papillon sur une planche. Maman enchaîne avec componction.

– Dis, mon Frank, tu m'aideras à trouver une photo ?

– Quoi, une photo ?

Elle garde un silence pudique. Je comprends enfin où elle veut en venir.

– Compte pas sur moi pour t'aider à foutre un Photomaton sur sa tombe !

Maman se dandine, ulcérée par ma vulgarité, puis finit par éclater en sanglots.

– Tu ne peux pas être coopératif, surtout en ce moment ? rugit papa. Je sais bien que la gentillesse, ça n'a jamais été ton fort, mais tu devrais prendre des cours parce que c'est très dur de supporter un égoïste. Tu vas te dorer la pilule un mois dans la casbah et puis tu réapparais, la bouche en cœur, quand on n'a plus besoin de toi, et au lieu de faire bloc avec nous, tu es encore là à fourrer ton mauvais esprit partout ! Bon, qu'est-ce que tu vas faire demain ? Cloper ? Glander devant la télé ?

Je n'ai rien à répondre.

– Alors soit tu en mets un coup et tu décroches enfin ton BTS, soit tu vas tout de suite signer un CDD de caissier à Auchan, à supposer qu'on veuille de toi !

Maman, tout en pleurs :

– Pour l'amour de Dieu, arrêtez de vous disputer !

Papa,

J'aurais voulu te ressembler. J'aurais voulu que tu sois fier de moi, que tu dises autour de toi : « Voilà mon fils, voilà mon gosse. » Et que tu le dises avec raideur. Avec la raideur altière d'un homme de parole. Et que tu me dises, à moi : « Fiston, tu peux compter sur moi en cas de coup dur, tu as ma parole. » Les autres pères sont minables à côté de toi : des losers, des chômeurs, des vaincus et des médiocres. Mater les hommes, subjuguer les femmes, c'est ta voie. J'aurais voulu que mes gosses soient fiers de leur père comme je suis fier du mien, mais je n'ai pas ton charisme et je sens bien que la race a dégénéré à travers moi. Tu es plus séduisant que moi, tu as réussi dans la vie et moi je ne suis qu'une merde. Quand je sens que je te déçois, j'ai envie de crever. Ce qui m'écœure, c'est que tout ce qu'il y a de bien, de bon, de digne en moi, c'est encore à toi que je le dois. Toi seul m'as montré l'exemple, toi seul m'as fabriqué. Tout entier. Et, en un sens, c'est toi qui as fait de moi ce que je suis aujourd'hui : un être veule, une loque. Tu as causé ma perte parce que la seule voie que tu m'as montrée était trop difficile pour moi. Quand je comprends que la merde que tu écrases du pied n'est autre que ton fils, ta créature, ton échec, à ce moment-là j'ai envie que tu meures, j'imagine qu'un poids lourd te roule dessus ou qu'une machine-outil te réduit en bouillie devant ton patron et tes ouvriers.

Au-delà de l'avenue des Bouchots, il y a un sentier qui ne doit sa survie qu'à la ténacité des chiens perdus et des fous. Un endroit réservé aux amoureux du bout du monde. Randonneurs et *Guide du routard* s'abstenir. C'est un sentier dont j'aime la dureté. Menacé par la lande que le vent décape, envahi par les genêts, il s'agrippe à la roche en suivant la côte jusqu'au moment où il disparaît au fond d'une crevasse – victime d'un dernier piège. Là, sur un rocher qui domine la mer, est scellé un banc en fer. Propriété privée de maître Frankie.

Je m'y installe, peinard, et je me roule un cône avec mon shit marocain. Je suis là et bien là. Je suis à Lancieux, dans les Côtes-d'Armor, en Bretagne, en France, en Europe, sur la planète Terre, au milieu du système solaire, dans un coin de notre galaxie. C'est comme ça qu'à treize ans ma sœur rédigeait les adresses de ses lettres. Hyper drôle, surtout à la cinquantième fois. Il fait si beau aujourd'hui ; un temps à ne pas mourir. Elle aurait voté pour qu'on mette « le nez dehors ». C'était la première à vouloir faire une excursion à vélo ou une balade sur la plage, quand moi, à trois heures de l'après-midi, j'étais encore avachi en caleçon devant la F1. Si je gueulais trop fort, elle renonçait et nous faisait un gâteau.

Donc je suis là, sur ce banc. Mémé croit que je suis au marché. Des gens ramassent des coquillages, les chars à voile foncent sur des kilomètres et des kilomètres de plage, les cerfs-volants ronflent au vent. La mer, retirée jusqu'au bout de l'horizon, a fixé sur le sable une immense plaque de soleil argentée que sillonnent des chenaux reliés les uns aux autres. Je balance mon mégot et cabriole jusqu'en bas. Les rochers de la lande, couverts de moules minuscules, viennent s'éteindre sur le sable doré. Elle aimait se promener ici et respirer l'air du large. C'est faux, ça n'existe pas. Les tympans me font mal.

Je remonte par l'escalier de béton, à cinq cents mètres du village. Devant la villa des Philibert, le vent secoue les peupliers. Pendant les grandes vacances, elle gardait leurs mômes. Les cent balles qu'elle gagnait par jour lui servaient à se payer des crêpes au Nutella et des magazines débiles dont le courrier des lectrices m'apprenait maintes choses.

Tu me files un bout de ta crêpe ? Tu peux toujours crever. Eh ben j'en prends quand même. Des cris, papa se ramène.

Je détestais sa manière de me résister, de soumettre mon égoïsme. Ce *struggle for life* l'avait rendue dure et sèche comme une coquille de noix, vieille fille avant l'heure.

L'intérieur de mémé est humble et usé. Tout y sent la pisse, à commencer par elle. La pauvre vieille est là, devant la table de la cuisine protégée depuis trente ans par la même toile cirée à carreaux rouges. Ses yeux presbytes essaient de discerner les traits de mon visage. Peut-être ne me reconnaît-elle pas : je ne me suis pas rasé depuis dix jours. Derrière elle, sur la commode, sont exposées des photos de papa et de tante Mireille, layettes, premières communions, mariages, et d'autres de Claire et de moi, layettes, premières communions, etc. Maladies héréditaires.

– Alors, mémé, la forme ?

– Oui, mais je serai bientôt au fond du trou.

– Mais non, tu exagères.

– Si, mon loupiot, je le sens bien. Rejoindre la pauvre petite.

Un mouchoir de dentelle recueille la morve qu'elle produit encore en abondance.

– Eh oui, dis-je, c'est ainsi, son cerveau devait être mal fichu.

– Elle qui était si gentille, gaie comme un pinson…

Elle va tirer du buffet une branche de mimosa séchée. Agenouillé auprès d'elle, je hume les globules jaunes et je me mets à pleurer.

– Je n'y arrive pas, mémé, je n'y arrive pas.

Je pose sa main sur mon cœur :

– C'est tout sec là-dedans, mémé. Je ne sais même plus qui elle est.

– Voyons ! Même moi, à mon âge, j'ai de bons souvenirs.

Je lève mes yeux vers elle.

– Écoute donc, loupiot, ça va te revenir : brune, des fossettes sur les joues, une petite voix d'oiseau dans un grand corps…

Elle est en train de me décrire tante Mireille.

Je rentre à la maison.

Le train, tous ces paysages derrière la vitre.

Je crois que je n'ai toujours pas accepté la mort de ma sœur. Nombriliste, incapable de s'intéresser à autrui, etc. Cet accident de parcours a réveillé des frustrations que je reporte clandestinement sur les autres.

Au lieu de liquider mes amours passées, je pousse papa dans les bras d'une autre.

Au lieu de regarder sa mort en face, je feuillette des revues pornographiques.

Dans mon horloge interne, midi a toujours sonné à quatorze heures.

Le train, ces passages à niveau de campagne rouge et blanc.

Eppailly (Somme). Ses familles, ses foyers, ses fantômes : une pauvre 106 perdue parmi les Mercedes, des haies de troènes, des platanes froufroutant comme des paons trisomiques, des allées désertes, l'ancienne chambre de Chloé. Il n'y a plus de Toyota à sucrer par ici. Elles ont déménagé depuis longtemps. Beaucoup d'autres sont partis ensuite. De la grande époque, il ne reste plus personne à part nous, les Clamart, les Klein et, à deux bornes d'ici, le quart-monde du Triathlon, agriculteurs alcooliques, ouvriers à peine spécialisés, chômeurs analphabètes, handicapés, avec au milieu trois familles d'Arabes. En fait, rien n'a changé : ici, des couples avec mioches ont remplacé les précédents et, en ville, les mêmes minables tournent en moto devant l'hôtel de ville.

L'ancienne chambre de Claire : l'intimité de sa mort. Je m'étends sur son lit en chaussures et je ferme les yeux. Cerveau, sang qui tambourine aux tempes, réseau tentaculaire de veines. Clac. Frank est mort. Je voudrais interpréter le passé comme un acteur interprète son meilleur rôle.

J'aimerais bien voyager, plus tard. Le Maroc en solo, ce n'était pas que pour la frime. Même si finalement je n'ai pas bougé de la pension, j'avais dans l'idée de voir du pays. Le planisphère, dans les chiottes, me donnait des fourmillements. J'avais envie de glisser en jonque sur ce grand haricot bleu qu'au Cambodge on appelle le Tonlé Sap. Les pales du ventilateur tourneraient au-dessus de mon lit à moustiquaire. Ou l'Afrique. Le désert du Sahara, les oasis, comme dans Tintin. Des bouges et des putes. J'entends déjà tonner les sacrifices humains.

J'ai retrouvé Burnod au *Chant des oiseaux*, pour changer. Les mots ne viennent pas, d'ailleurs c'est plutôt lui qui parle. Il me désigne du doigt le distributeur de cacahuètes, un gros cube rouge doté d'une languette de métal qu'on doit soulever pour récupérer une quinzaine de fruits bien salés.

– En Amérique, il y a des scientifiques qui ont analysé les cacahuètes dans les bars. Tu sais ce qu'ils ont trouvé ?

Je m'attends à une révélation de la plus haute importance.

– Eh ben qu'il y avait de l'arsenic dedans. C'est le Ku Klux Klan.

L'atmosphère est lourdement enfumée. De temps en temps, le vacarme du percolateur recouvre les voix. Sur une ardoise à demi cachée par un palmier nain qui décore le comptoir, la main parkinsonienne d'Alain a inscrit le cocktail du jour et les rabais des *happy hours*. C'est l'heure gracieuse où les tâcherons sortent du bureau : des nabots alignés coude à coude viennent coller leurs doigts jaunis sur une Suze avant de rentrer chez bobonne. Dans la salle, appuyés au billard, deux merdeux que je ne connais pas se foutent ouvertement de la gueule de Burnod :

– Tu crois que c'est un myopathe ?

Je fais semblant de ne pas entendre. Je n'ai pas envie de faire du grabuge pour la deuxième fois en quinze jours. Mais le courage n'a jamais fait défaut à Burnod.

– Tu ne veux pas qu'on aille faire un tour ? lance-t-il à voix haute. Ça pue, ici.

Mes mains se referment sur les poignées de sa chaise roulante. On marche cinq minutes en direction du prieuré.

– Eh, Burnod, dis-je d'une voix lugubre.

Ça m'arrange de ne pas avoir à le regarder dans les yeux.

– Quoi ?

– Je vais me barrer. Faire ma vie ailleurs. Il n'y a plus rien qui me retient ici.

Je le vois hocher la tête.

– T'as raison, à ta place je ferais pareil.

M'englue, me poisse le besoin de me justifier.

– J'en ai marre de tous ces trucs à la con, le bowling, le shit, la glande. La vie est trop courte. On trime à l'école pour avoir un boulot plus tard, on bouffe équilibré pour vivre jusqu'à cent ans, on économise en vue de faire construire, on se couche tôt pour être en forme demain, et en fait, le lendemain, on ne se réveille pas et le film est terminé.

Je pousse le fauteuil sans rien dire. Au bout de cinq minutes, Burnod se met à renifler.

– T'as toujours été le meilleur d'entre nous. Le moins con, le plus évolué. Nous, on reste là comme des merdes.

– Arrête de dire des conneries.

– Ta gueule, tu sais très bien que j'ai raison. Tiens, prends ça.

Il me tend l'étoile Mercedes qui pend à son cou.

Ma chambre est propre, mes affaires sont en ordre, je n'en crois pas mes yeux. Jeff m'a racheté ma mobylette pour deux mille balles, cette mob pourrie sur laquelle j'aurais emmené Chloé jusqu'à Vladivostok. Mon cactus a fini sur le compost. Bien que Burnod prétende qu'il ne sait pas lire, je lui ai légué mes bouquins, Ray Bradbury, William Gibson, Clifford D. Simak, Isaac Asimov, William Burroughs et le prince des princes, Philip K. Dick. J'ai remisé le plat ciselé et le narghilé là-haut dans l'atelier de maman. Par contre j'ai mis le collier en dents de requin autour de mon cou. Rahan, le fils de Crado. Ça me portera bonheur, quelque chose comme un talisman. Quant à la mauvaise étoile de Burnod, elle luit dans ma valoche entre les caleçons et les pulls.

Je pars. Sans une hésitation. Sans une larme. Sans un regard pour les modèles réduits d'avions que papa garde dans le grenier, pour les vingt-six tomes de l'*Encyclopaedia universalis* qui décorent son bureau, pour les pinceaux et la palette presque neuve de maman, pour le bouquet de moisson qui tombe en ruine sur la cheminée. Sans un au revoir non plus, mais il faut dire que dans la famille on n'est pas doué pour les sentiments. De toute façon, comment leur expliquer que je ne ferai pas de vieux os ici ? Que je ne passerai jamais ce BTS tourisme pour lequel ils m'ont déjà donné tant de blé ? Comment avouer ça à papa ? Déjà qu'avant je n'osais pas le regarder en face, alors maintenant qu'il est fleur bleue… Comment faire comprendre tout cela à maman ? Elle a tellement répété qu'elle était conne que j'ai fini par la croire.

Claire hante la maison. Ses dessins d'enfant, peuplés de Casimirs moutarde dansant sous une pluie de hachures marron, me donnent la frousse. D'elle, je n'emporte que des choses insignifiantes : une carte postale cucul de Sicile, une gomme dinosaure, un coupe-ongles, quelques cahiers. J'ai bien réfléchi, philosophé tant que je pouvais, tourné et retourné mille fois le problème dans ma tête. La solution, c'est : pourquoi je m'emmerde avec cette histoire ?

Je ne vais pas me pourrir l'existence avec des idées noires. Me flageller, comme papa ; me flinguer chimiquement, comme maman. Si je n'étais pas hypocrite, je me ferais un beau cornet avec trois boules de chocolat et je barbouillerais de merde glacée toutes les photos de Claire que maman a exposées dans le salon.

Je suis de nouveau dans le train, mais cette fois c'est le TGV Atlantique. De mon siège, je vois les boqueteaux perdus au milieu des champs et les fermes de vieilles pierres qui font du cent soixante quintaux à l'hectare. À certains moments, on longe l'autoroute et alors je m'amuse à suivre des yeux les voitures qui font du surplace, Smarties bleus et rouges et verts avec leurs conducteurs concentrés et leurs roues immobiles.

Une pensée pour mes potes. Quand j'étais gosse, je rêvais d'être un délinquant qui fait sa loi dans une cage d'escalier pourrie de HLM. J'aurais été une petite frappe en survêtement Nike qui protège sa sœur et met ses vieux au désespoir. Sur la moquette saumon de ma chambre sous les combles, je m'excitais sur NTM et je comptais à la Saint-Sylvestre le nombre de bagnoles incendiées dans la banlieue d'Abbeville. J'imaginais que la télé se mettait à parler en arabe ou en portugais. Mais même au pied des HLM du Triathlon c'était encore la campagne : les bonnes femmes en tablier qui causent avec l'accent picard, leur poivrot de mari qui les tabasse, les gosses à vélo le mercredi et l'odeur de la bouse… Dans les F3 des cages à lapins construites en papier mâché, les mères de famille auraient donné un rein pour avoir un potager avec de la sauge et de la ciboulette. Papa avait raison de dire qu'on avait de la chance. Alors, tous ensemble, on allait traîner dans les chemins de terre, on piquait les citrouilles de la SARL Cottard derrière l'école, on parlait de foutre des pétards dans le cul des vaches. Le grand jeu, c'était de se pousser contre les fils électriques des prés pour que l'autre se prenne une bourre. GI's français sur la ligne de démarcation entre les endives et les lotissements.

Adieu gamines jolies mais cracra qui boivent un bol de Benco sur le pas de leur porte, adieu Nathalie avec tes chorégraphies et tes coups de génie pour salles de bains, adieu framboises, poireaux, serres, allées proprettes bordées de buissons aux fruits en forme de radis, adieu canal plein de mousse et de canettes, adieu terrain de foot installé en zone inondable, adieu mon amour. Adieu Stella Artois, adieu charcuteries, crêpes, gaufres et confitures de mon enfance, adieu mon VTT Peugeot pour lequel je me serais fait découper en morceaux, adieu fermes barbues de vigne vierge écarlate, adieu balançoires, adieu tas de sable des chantiers Piketty, adieu éclusier avec tes Gitanes maïs ignobles, je pars vivre dans un coin où il fait chaud. Il y a bien un boulot pas con qui m'attend quelque part. Fondamentalement, je suis un mec qui n'en a rien à foutre. Les études, la politique, ça ne m'atteint pas. Je ne me suis jamais révolté. Je n'ai jamais souffert. Je ne suis ni américain, ni rwandais, ni prolo, ni bourge, ni catho, ni doué, ni con. Ce que je veux, c'est qu'on ne me fasse pas chier. C'est comme ça. Peut-être c'est une question de génération. Peut-être je suis déglingué de l'intérieur. On m'a toujours reproché de ne pas me soucier de mon avenir, mais maintenant j'ai une excuse toute prête : « le terrible drame survenu dans ma famille ». J'ai vingt-cinq ans, je quitte mes vieux et mon bled. Il était temps.

Le TGV monte à trois cents à l'heure. Ma vie est devant moi, grande ouverte, encore vierge. Quand je pense qu'à huit ans je voulais être un superhéros… Je n'arrive même pas à allumer ma clope tellement je tremble.

Quand je suis parti, la première fois, j'avais des images plein la tête. Pour moi le Maroc c'était

un étal de céramiques vertes, turquoise, bleu roi et safran que le père de la mariée remplit de dragées, symboles de fertilité
un marchand, barbe grisâtre, fez sur la tête, balayette à la main, accroupi sur le seuil de son échoppe où les babouches sont disposées comme des calissons d'Aix
des bateaux de pêche échoués sur la plage comme des phoques lyophilisés, porteurs de filets et de filins
l'effritement d'un temple romain dont les inscriptions à demi effacées ont été reproduites en braille sur la colline par des milliers de blocs de pierre éboulés
une tannerie encastrée dans un échiquier de pisé, ses fous et ses pions en train d'immerger les étoffes dans des récipients putrides
un chat-missile qui fuse dans les ruelles désertes de la médina à l'heure de la sieste
la mer devant laquelle on respire à pleins poumons

La plage de Barranco Hondo, près de Tarifa. L'air est bouillant. Ici, le moindre péquin, vieux ou jeune, est bronzé. Même miracle pour les gros : leur bedaine a des allures de Kinder surprise. Je sens que ma peau carreau de salle de bains va bientôt suer du jus d'écrevisse.

J'ai fait une étape à Barcelone, ensuite le car m'a descendu à travers la Catalogne et la Castille jusqu'à Cadix. La feria battait son plein et j'ai même réussi à entrer dans une arène. Les taureaux en furie et le plancher des vaches, c'est très bien, mais les mouettes ? Alors des touristes m'ont pris en stop et me voilà, vautré en slip de bain sur une plage de Tarifa, les coudes plantés dans le sable, occupé à mater les Andalouses et les gars qui se dribblent pieds nus avant d'envoyer le ballon entre deux paquets de fringues. En face de moi, l'Afrique. Les minarets de Tanger jaillissent de la mer comme les piquets des parcs à moules chez mémé. Et le soleil vous cogne, vous retourne, vous crame les yeux jusqu'à ce que les formes se mélangent et que le paysage devienne un concentré de couleur imbuvable – bleu cobalt, sang diabétique, marc de café.

Un attroupement vient de se former à deux pas du rivage. Les hommes de la Guardia civil se frayent un chemin dans la foule frappée de stupeur. Circulez, y'a rien à voir. Je ramène quand même ma fraise, serviette autour de la taille, démarche de macho.

Pardon messieurs-dames, à mon tour. Personne ne bouge. Les policiers, très professionnels, sont en train de s'affairer autour d'une espèce de pantin grandeur nature, verdâtre, bouffi, vêtu de loques détrempées. C'est la première fois de ma vie que je vois un cadavre. Pressés de toutes parts par les badauds, les flics s'énervent pour de bon. Un cordon sanitaire s'improvise. Je n'arrive pas à détourner mon regard de cette dépouille anonyme à moitié mangée par l'eau et les poissons. Une intuition me laisse penser que c'est un homme, mais je peux me tromper. Il aurait dans les trente ans, peut-être moins. Tout à coup, un camion de premiers secours surgit au coin de la rue, toutes sirènes hurlantes. Eh les gars, c'est trop tard. La foule se disperse.

Je m'approche d'un groupe de touristes français qui a assisté au repêchage. Commentaires :

– Ils essaient de passer en Europe sur des embarcations de fortune. Ils fuient la misère de leur pays, le chômage, et ils finissent comme ça. Pour un qu'on retrouve, combien d'autres disparus ? C'est dégueulasse de les acculer à ces tentatives désespérées.

Je m'éloigne, perdu dans mes pensées. Je slalome entre les serviettes, les parasols, les glacières, les vêtements et les terrains de volley improvisés dans le sable. Des couples enlacés bronzent, des bandes d'amis tapent le carton. On est beaucoup sur terre à faire des tentatives désespérées. Les émigrants remontent vers l'Europe, moi je quitte le Vieux. Celui-là, il a tenté sa chance, il a perdu, voilà. La noyade, c'est un moyen comme un autre d'y passer.

Un employé déchire mon billet et je monte par un escalier en fer qui résonne sous mes godillots. Il y a la file des passagers à pied et celle des voitures, interminable, chauffée à blanc par le soleil et engluée dans le goudron à moitié fondu. Les amarres du ferry, faites de plusieurs cordages tressés entre eux, sont grosses comme un biceps. La corne de brume meugle longuement et les dix mille tonnes de ferraille s'ébranlent.

Dans la cale, les voitures sont sagement garées les unes contre les autres. Je m'assois sur un capot, mon sac à dos posé contre la roue. J'entends les lames qui frappent l'extérieur de la coque. Sur les parois de la cale sont tracés au pochoir des chiffres plus grands qu'un homme. Au plafond courent d'immenses boyaux, des canalisations peintes en bleu et en jaune, tout un réseau de gaines électriques, de conduites de gaz, de tuyaux de ventilation à perte de vue. Mettons que je suis un enzyme dans l'estomac d'un monstre préhistorique. J'ai au centre de mon crâne la rumeur des énormes turbines qui tournent à plein régime. Et si la mer s'engouffrait d'un coup dans la cale, noyant les moteurs et dissipant cette odeur d'essence qui me donne la nausée ? Finalement, je m'accommode assez bien de ce lieu où l'on est à la fois cuirassé et accablé d'une insoutenable migraine.

On va accoster : je retourne sur le pont. La passerelle s'abaisse vers cette terre qui ne m'a pas vu naître, qui ne me connaît pas et à qui je ne dois rien.

Maintenant il faut descendre très au sud, toujours plus au sud, vers le désert, pour se tarir, pour devenir dur et léger comme un grain de sable, inexistant. Les gares routières marocaines vous font toujours bon accueil : quinze guichets sont ouverts et, si vous avez un renseignement à demander, toutes les queues sont à votre disposition. Quant aux fabricants de car, ils n'ont pas encore inventé la clim', si bien qu'entre les parois de fer-blanc de cette boîte de sardines la température monte facilement à quarante. Là-dedans, on marine dans son huile entre une vieille ridée comme un pruneau et une cage d'où trois malheureux poulets sortent leur cou en essayant de becqueter tout ce qui passe. Dans ces conditions, je m'arroge le droit de fumer. Parfois je fais une petite distribution et tout ce que le car compte de jeunes hommes me taxe une clope dans la joie et la bonne humeur. À trois heures du matin, le chauffeur coupe le contact et hop ! tout le monde descend pour pisser ; les montagnes, dans le noir, insinuent entre nos paupières encore ensommeillées un petit vent coulis ; et on repart. Le jour se lève sur un panorama de chaînes et de vallées verdoyantes. Pour le petit déjeuner, c'est un café noir sans sucre, à moins que des gosses dépenaillés ne rappliquent avec des chips pour les touristes et des graines de tournesol pour les autochtones. J'achète des paquets de *bubble-gums* qui coûtent trois fois rien et j'en offre à mes voisines édentées, simplement pour voir comment elles réagissent. Certaines enfournent le cube rose en riant, d'autres le mettent dans leur poche en prévision des jours de disette. Les montagnes de l'Atlas rapetissent dans notre dos et la végétation s'étiole. Un autre car me trimbale le long d'oueds à sec puis me débarque devant une caserne militaire.

Je fais quelques pas, seul, avec mon sac à dos. Pas un arbre, pas une voiture, rien que du sable et des maisons en torchis. Un silo et une mosquée, en torchis aussi. Je suis dans le rêve d'un autre. Quelques fils électriques bordent les murs. Des nuages de poussière s'envolent derrière moi. Un no man's land couleur de sable. Déambulant dans ce village fantôme, je m'attends à voir surgir un adversaire que je devrais affronter en duel sur un air d'harmonica ; mais pour m'accueillir il n'y a qu'un gosse assis à l'ombre d'un muret. Je marche encore cent mètres et la piste s'arrête, les maisons s'arrêtent, les poteaux électriques s'arrêtent, et c'est la nudité poudreuse de la terre, le Sahara à perte de vue. Devant la dernière maison, un artiste naïf a peint sur un panneau une caravane de chameaux menée par des Touareg. Il y a une inscription en arabe et en dessous : « Tombouctou, 52 jours ».

Voilà, mon voyage est terminé. Qu'est-ce que je fais maintenant ?

Il n'y a pas de plage à Dakhla : le Sahara glisse directement sous l'Atlantique. Les cheminées des raffineries et des usines de sulfate se dressent en pointillés rouges dans la nuit brûlante. Des frégates mouillent dans les bassins hérissés de grues mobiles qui coulissent sur des rails. Tout ça n'a plus grand-chose à voir avec les petits ports du nord – Essaouira, ses marchés, ses places venteuses, ses promenades en front de mer, ses plages de sable fin, ses play-boys sains et baraqués qui courent avec leur planche de surf, chevauchent les vagues et le soleil, acclamés par des blondes en Rayban qui rient à gorge déployée. Après qu'ils ont dompté l'océan, ils ressortent de l'eau et se couchent sur des serviettes décorées de palmiers et de Land Rover.

De toute façon, qu'on soit dans les montagnes ou à la frontière, sur la côte ou dans l'intérieur, on est toujours réveillé à cinq heures du matin par le muezzin. Je ne regrette pas d'avoir pris la voie de terre : de Séville à Marrakech, on voit bien comment les villes s'arabisent, s'allègent en portant au ciel leur dentelle de pierre et leurs nids de cigogne. Entre El Aaiún et Dakhla, c'est encore autre chose : les bourgades s'assèchent jusqu'à n'être plus que de la silice, un tas de parpaings posé sur l'immensité vitrifiée, champ d'expérimentation pour bombes atomiques. Tout ça me fait penser au baratin du routard que j'ai rencontré à Marrakech. Il a dû deviner à ma tête que j'étais français parce qu'il a approché sa chaise avec un air complice et m'a débité son petit délire.

– Au Moyen Âge, c'était nous les barbares. Les Arabes avaient les plus belles villes du monde et les plus grands savants. Au moment où ils inventaient les chiffres et la médecine, on en était encore à s'entre-tuer à coup de masse d'armes.

Qu'est-ce qu'il croit ? Que pour moi, les Arabes, c'est l'immigration, l'insécurité et le terrorisme ?

Entre le désert de la soif et la mer du Nord, il y a un juste milieu : le canal qui coule à Eppailly. Notre bon vieux canal.

On vient d'entrer en troisième, Johnny, Éric, Jeff, Burnod et moi. On est assis sur un banc : pas encore le droit d'aller au café. Quand une péniche passe, on lui crache dessus.

– J'ai trop fourré hier soir.

– Bobard, dit Johnny.

On ricane. Une quinte de toux ébranle le corps malingre de Burnod.

– C'est moi qui l'ai dépucelée, maintenant elle est folle de moi, poursuit Jeff en passant une main baguée dans ses cheveux coupés en brosse mais trop longs.

– C'était où, la première fois ?

– Chez Piketty, en sortant de boîte. J'étais bourré. Elle en avait plein son manteau.

On ricane de plus belle. D'une pichenette, Jeff projette son mégot encore incandescent sur Claire et ses copines qui jouent aux billes.

– Ohé, ça va pas ?

– Ta gueule, merdeuse.

J'éclate de rire.

– Je vais le dire à papa ! dit Claire en devenant toute rouge.

– Mais c'est qu'elle se rebelle !

– Il y a son petit pois qui tressaute !

Johnny se racle la gorge. Claire et ses copines s'éloignent.

– Ouais, c'est ça, casse-toi.

J'ai aussi rencontré un couple de Français qui faisaient le tour du monde. Ils se reposaient trois jours à Safi avant de repartir sur Tunis. On a dîné ensemble dans un restaurant de la médina. Puisque j'avais la certitude qu'on ne se reverrait plus jamais, je leur ai parlé assez ouvertement, comme ça, gratis. La fille a répondu que mes rêves d'avortement et de mutilation revêtaient une signification plus profonde et que j'avais en fait peur d'être castré par mon père. Bon, j'aurais deviné tout seul que ça avait un rapport avec mes vieux, mais c'est toujours une sorte de soulagement de se l'entendre dire par quelqu'un d'autre. Le gars était très brun et râblé ; son nez cassé soutenait de délicates lunettes de métal comme un balèze qui promène une écuyère sur les épaules. La fille était une petite demoiselle avec un joli nez en trompette, bien dans sa peau. Avant de démissionner pour faire son tour du monde, elle travaillait comme psychothérapeute pour familles à anorexie. Elle avait déjà fait plusieurs conférences sur le sujet. Son père était nez dans une grosse entreprise.

– Né dans une grosse entreprise ?

– Mais non, *nez*, testeur de parfums et d'arômes. Il n'y a que deux cents nez dans le monde, c'est un don qui vaut de l'or. Il est très talentueux, bourré d'idées, il peut même reconnaître la marque des cigarettes que j'ai fumées la veille.

Elle a raconté plein d'autres histoires. Grâce à son vieux, elle a quinze parfums personnels qui n'existent pas dans le commerce. Sa mère fait des décors pour des comédies musicales. Ce sont des parents extraordinaires, ils habitent à Londres. Bref, une famille où tout le monde est très proche et où on se dit tout.

La première fois que je suis allé au Maroc, ma sœur était vivante et moi j'étais mort, cassé, détruit, à enchaîner des fumettes dans ma chambre d'hôtel en plein Rif. Je restais des heures sur mon lit, les yeux collés au plafond avec les mouches, ou bien je m'asseyais sur le rebord de la fenêtre. À la longue, c'était lassant : toits de tuiles vertes, remous de djellabas blanches en contrebas, ordures surchauffées dans la rue, chant du muezzin, plainte des ânes, saleté des moutons. Le tout perché à mille mètres au milieu des forêts de cèdres. Heureusement, le shit m'emmenait tous les jours planer sur le dos des éperviers.

Dans la salle d'attente chez le médecin ou sur les présentoirs des pharmacies, on trouve tout un tas de dépliants sur le shit. Ils disent : attention, ne croyez pas que le haschisch soit moins nocif que la coke ou l'héroïne ; aux premiers stades de l'intoxication, la volonté est annihilée, la capacité de concentration réduite à néant ; puis on observe une perte de contrôle de soi ; l'utilisation régulière rend incapable de travailler et occasionne des troubles de la vision, de la mémoire et du sommeil ; toutes les autres activités perdent leur saveur, etc. Le genre de propagande qui épouvante les parents. Eh bien moi, c'est le contraire, le shit m'ouvre l'appétit et me rend sexuellement actif. Mais non, je plaisante. Une ou deux fois, j'ai dû parler à papa alors que je planais totalement : c'est une expérience horrible que je ne souhaite à personne.

La physiologie du fumeur n'est pas difficile à comprendre : à la base, on se sent bien. Il arrive qu'on se sente mal. À la fin, on ne se sent plus du tout. Le shit agit sur l'organisme comme un relaxant. L'esprit est en apesanteur. C'est un exercice de lévitation mentale. Quand on a trop fumé, il règne dans tout le corps une sensation d'écœurement, de légèreté aussi. On est d'une sensibilité à fleur de peau : certains gloussent comme sous l'effet de gaz hilarants et d'autres pleurent comme des veaux. William Burroughs avait l'habitude de goûter toutes les substances hallucinogènes qui lui tombaient sous la main : coke, héroïne, colle, Benzedrine, codéine – la pire des merdes. Moi, depuis que Johnny nous a initiés un samedi soir devant le bowling, je carbure exclusivement au shit. Quand on a de l'argent et de l'imagination, on peut alterner le *space cake*, les pipes à *kif* et le *majoun*, qui s'absorbe avec du thé brûlant.

Donc Claire vivait et je me consumais à petit feu. Dans ma pension, les autres Occidentaux fumaient sur des coussins au premier étage du patio. Je les fuyais : mon lit, les quatre murs et la fenêtre suffisaient à mes divertissements stupéfiants. Parfois, je ressentais un bien-être royal ; à d'autres moments, et de plus en plus vers la fin, des aiguilles à tricoter me trouaient le cerveau. Je me barricadais. Mes cheveux blancs poussaient à une allure folle. J'apprenais à me représenter des choses pénibles : moi avalant un asticot, papa en train de jouir dans une autre femme. C'est à cet instant, je crois, qu'une artère a pété dans la caboche de ma sœur. Comme si Dieu s'était trompé de cerveau. Dans la rue, il y avait un ouvrier qui retapait un mur, debout en équilibre sur une simple planche retenue en l'air par des ficelles. Tombera, tombera pas ? De sa planche de salut branlante, il appliquait le ciment frais avec une truelle. Les taches de ciment, noires et rondes sur le mur blanc, reproduisaient la robe des vaches laitières de mon enfance.

Mon voyage ne m'a mené nulle part. Je remonte vers le nord.

Quand j'arrive dans le bled, il est trois heures de l'après-midi et les rues sont totalement vides. Sur une place, quelques ateliers. Je les passe en revue un par un. À la poutre qui encadre l'une des devantures sont suspendus des arrosoirs, des théières, des balances Roberval, des trompettes, des plats ciselés dans le genre de celui que j'ai rapporté en souvenir. À côté, un atelier spécialisé dans les prothèses. Des avant-bras en plastoc et des béquilles se racornissent au soleil en attendant que les éclopés des environs viennent les emporter pour une poignée de dirhams. J'étais en train de regarder les arrosoirs accrochés à la poutre, la poire en bas, comme des poulets métalliques. Je pensais à maman. Elle aurait bien aimé asperger son jardin d'hiver avec un bel arrosoir en cuivre rapporté du Maroc par son fils chéri. Soudain, j'entends des cris et une suite de braillements suraigus. Merde, vous ne savez pas que c'est l'heure de la sieste ? Un jeune Marocain, expulsé *manu militari* de l'atelier de prothèses, s'étale dans la poussière à trois mètres de moi, suivi par un homme d'environ cinquante ans qui le relève et se met à le cogner en gueulant des injures en arabe. Le jeune me voit le regarder. Les coups lui font sûrement moins mal que l'humiliation. Pauvre gars.

Pauvre Johnny. La première fois que j'ai vu un fils se faire dérouiller de cette façon, c'était devant la gendarmerie d'Eppailly en 1991. Johnny, Éric, Jeff et moi étions allés repérer des coins tranquilles en mobylette. De retour à la maison, j'avais eu envie d'impressionner Claire en lui montrant le plan de la ville annoté par nos soins.

– Tu vois les gommettes jaunes ? Là, sur le rond-point et sur le carrefour avant Auchan. Et sous le pont de la départementale. Eh ben, cette nuit, on va aller piquer les panneaux. Les stops, les sens interdits, les limitations de vitesse, les directions… Tout.

– Vous allez en faire quoi ?

Elle est terrorisée. C'est une grande fille de onze à douze ans, maigrichonne, d'allure craintive, dont les seins commencent à pousser.

– Les revendre ou fabriquer des cibles, on n'a pas encore décidé. Maintenant, tu sais tout. Si tu parles…

J'ouvre des yeux de chouette.

– Si tu parles, je viendrai t'étrangler dans ta chambre. Ça sera la nuit, tu ne m'entendras pas entrer. Allez, dégage maintenant.

On accomplit notre forfait en pleine nuit et on va cacher les panneaux dans les tas de sable chez Piketty. Le lendemain, nos paternels sont convoqués à la gendarmerie. Dans un coin, si blêmes et recroquevillés qu'on les remarque à peine, quatre ados se décomposent sur un banc. Le gendarme nous fait la morale, puis il nous garde pour un entretien personnalisé, papa et moi, parce qu'il ne veut quand même pas nous mettre dans le même sac que les familles du Triathlon. De la fenêtre, je vois mes copains sortir en file indienne. Éric et Jeff partent à pied, tête basse, avec leurs pères malades de honte. Johnny, lui, se fait coincer contre une camionnette par son père, un colosse de deux mètres au menton prognathe. Voulant parer le choc, il lève le coude, mais son père est plus rapide et il reçoit le marron en pleine gueule. La violence du coup l'expédie au tapis, K.-O. au premier round. Son père se jette sur lui, le relève par le col et lui balance deux autres patates. Puis ils repartent en voiture, Johnny en sang et complètement sonné, son père toujours écumant, pendant que j'écoute sagement dans le bureau du gendarme un laïus spécial fils à papa.

Quand le père a fini de cogner, il rentre dans son atelier pour astiquer ses prothèses. C'est le jeune qui en aurait bien besoin : sa lèvre pisse le sang et il se tient la jambe en retenant ses larmes. Faux dur, va. Je m'éloigne.

Une heure plus tard, je le retrouve face à l'océan, assis sur un parapet, les jambes ballant dans le vide. Sur la plage, des pêcheurs sont en train de repriser leurs filets. Il regarde l'océan au-dessus duquel le soleil s'effiloche en traînées orange. Sa lèvre a doublé de volume : on dirait un bout de chambre à air. Il ne remarque ma présence qu'au bout de plusieurs minutes.

– Tu comprends le français ?

À la manière dont il me fusille du regard, je devine qu'il le comprend parfaitement.

– Pourquoi il t'a fait ça ?

Il hausse les épaules et regarde droit devant lui en secouant la tête, comme s'il voulait se scier l'œil à force de scruter la ligne d'horizon. Tout à coup, il se tourne vers moi.

– T'as cent dirhams ? J'ai besoin d'aller à Casa.

– Pourquoi ?

– Bizness.

– C'est quoi comme magouille ? De la drogue ?

Il refuse de répondre. Je le laisse avec son business minable et son coucher de soleil.

Le lendemain, on se revoit au même endroit. Il y a du vent et la mer est agitée. Il me salue de la tête. Je décide de remonter vers le nord avec lui.

Abdelatif ne dit rien, ne vérifie même pas si je le suis. Il pourrait très bien me semer dans les ruelles de Casa, mais il n'a même pas l'air de s'apercevoir de ma présence. Un bidonville se détache sur fond d'immeubles blancs et de palmiers. On arrive dans un grand marché, comme des Puces mais en plus miteux. Il y a des jeunes partout, mais pas un seul touriste, pas une seule femme : espèces en voie de disparition. Les stands de cassettes braillent des chansons en arabe – grelots, poudre d'or et nostalgie. Derrière des tables pliantes, les vendeurs gagnent leur vie en refourguant des T-shirts, des canifs, des clous au poids, des fausses montres de marque ou des surplus militaires. À part ça, les étalages sont lamentables. Un homme d'une soixantaine d'années propose des cassettes vidéo sans boîtier disposées sur un torchon. Au milieu de la foule, des gosses vendent des cigarettes à l'unité et des piles. Même les détritus trouvent preneur : des poupées disloquées, une moitié de ciseaux, des couvercles de Tupperware se marchandent âprement. Je remonte le courant pour arriver au niveau d'Abdelatif.

– Où est-ce qu'on est ?

– Au marché de Derb Ghallef.

Ça me fait une belle jambe. Abdelatif fonce vers l'extrémité du marché où s'alignent des échoppes en dur. Deux gars sont en train de s'escrimer sur un téléviseur dont l'image est méchamment brouillée. Sur le pas de la porte, surveillant vaguement l'opération, un jeune attifé en homme d'affaires – cheveux plaqués en arrière, costume sombre, portable à la ceinture – serre la main d'Abdelatif et le fait entrer à sa suite.

L'extérieur de la boutique est colonisé par des téléviseurs et des paraboles. Des affiches de stars internationales décolorées par le soleil sont punaisées un peu partout sur les murs. Pendant qu'Abdelatif s'affaire dans le bureau, je m'approche des deux gars qui n'arrivent toujours pas à régler l'image. En fait, ils sont en train de trafiquer un décodeur TPS. C'est exactement celui qu'on a à la maison, sauf que leur boîtier est pourvu d'une carte un peu plus longue que les normales. Je fais le tour du poste de télévision et du décodeur. Ces crétins ont mis la prise Péritel dans la mauvaise encoche. Je rectifie d'un geste de panthère – celui que j'avais devant Claire en branchant la prise cachée par maman pour empêcher qu'on regarde la télé en son absence. Du coup, l'image devient nette. Un présentateur est en train d'animer en allemand une émission dans le genre de « Qui veut gagner des millions ? ». Le patron sort de l'échoppe au même moment. D'un coup de menton, il me désigne à Abdelatif qui répond en arabe.

Des fumerolles s'échappent de longs braseros où grésillent des merguez et des sardines. La nuit me pique les yeux. Abdelatif mord dans son kebab et grimace – sa lèvre. La foule circule autour de nous ; des touristes posent avec des charmeurs de serpent. Un vent chaud souffle sur la grande place de Casa. Ma mémoire est en train de se déployer.

Quelques Mercedes avec chauffeur sont garées le long du trottoir. Des Marocaines friquées passent devant nous, bras dessus, bras dessous. Devant ces filles de la jeunesse dorée qui se pavanent tête nue et super sapées, Abdelatif bave comme un toutou. Il aurait mille fois plus de chance avec une Occidentale et il le sait. Logiquement, il se tourne vers moi :

– T'as des sœurs ?

– Oui. Elle est plus jeune.

– Moi aussi. Il faut faire attention quand elles sont jeunes. Un jour, j'ai trouvé des cigarettes dans le sac de ma sœur. Je lui ai donné une correction. Et toi, tu la surveilles ?

– Et même je la veille.

– C'est bien.

Je l'observe. Dans ses pensées se déroule un *Scarface* à la marocaine : fric, voitures, cartes de crédit, fringues. Le rêve de tous les jeunes du monde, du Maghreb à Chicago en passant par Bucarest.

Le sprint. Je cours, je cavale comme un dératé le long du canal de ma jeunesse. J'ai dix-sept ans. Chloé existe. Je suis amoureux. La vie se déroule sous mes pieds comme un tapis rouge. Dans le ciel, les vautours tournoient. L'amour, c'est un crochet recourbé dans le cœur, un hameçon en acier. Si tu veux, je t'emmènerai loin, bien loin d'ici, loin de nos angoisses, de nos alarmes, de nos haies de troène. Je t'emmènerai là-bas, palmiers, soleil, cocktail d'ananas et de grenades, mon amour. Avant de partir, je balancerai sur la résidence un cocktail Molotov, et nous partirons aux quatre vents, soufflés dans les airs. Grenades lacrymogènes, dispersez-moi, dispersez-moi aux quatre coins du monde, foutez-moi en l'air. Je t'épie au moment où tu rentres du collège. Embusqué derrière la Toyota de ta mère, j'égrène les heures. La démence de t'apercevoir, de t'avoir pour moi tout seul. Ta mère est déjà rentrée, le cours de danse est fini et ma sœur en rythme se croit du talent. Tes pieds frappent la chaussée, tu arrives. Je reste accroupi derrière la Toyota, caché, honteux, merdeux. Je t'entends parler, rigoler, jouer de la flûte traversière. Mon amour, ta musique me traverse, me transperce. Adieu. Les vautours dévorent mon foie cirrhosé. Je frappe ton nom sur le Minitel du salon en cachette, comme si je ne connaissais pas déjà ton numéro par cœur. Tu ne sais pas qui je suis, mais je t'aime, je t'adore. Maman me reprend : « On n'adore que Dieu. » Ça va, je sais.

Abdelatif n'attendait pas ma venue. Il n'attendait qu'une chose : se barrer.

– Pourquoi ton père t'engueulait, l'autre jour ?

Son visage s'assombrit de dédain.

– Il me disait : honte à toi ! Pourquoi tu veux partir ? L'Europe c'est péché. Moi vivant, tu restes ici.

Abdelatif étant le premier-né de la famille, son père était tout disposé à l'aider, à lui enseigner son métier, bref à le soutenir autant que possible. Par exemple, il l'avait envoyé trois ans au lycée de Sidi Ifni. Mais l'ingratitude de son fils le mettait dans une rage folle.

– Je vais partir, je te jure, je vais partir bientôt. Dès que j'ai l'argent.

J'opine gravement. Ensuite, il veut qu'on cause bizness. De son bizness. Pendant des heures et des heures, à longueur de journée, il m'explique comment il va récupérer à Tanger les cartes TPS piratées, ces précieuses cartes à puce décryptant les bouquets satellites français, comment il les écoulera ensuite sur le marché de Derb Ghallef pendant que son cousin débitera légalement des licences, comment avec tout ce fric il se paiera enfin un visa pour l'Europe.

La gare routière de Casa. En bon petit touriste, je me mets au début de la queue, vingt-sixième gogo d'une file de vingt-cinq. Mais c'est compter sans Abdelatif qui se met à geindre et maugréer, plié en deux, comme s'il souffrait de coliques néphrétiques, et gruge toute la queue sans rien demander à personne. Les gens le laissent passer. J'imagine la scène dans un Auchan à sept heures du soir.

Le chauffeur, engrangeant les bagages dans la soute, fait mine de prendre mon sac à dos.

– Je le garde avec moi.

– Pas possible.

Je lui explique que j'ai toujours fait comme ça depuis que je suis au Maroc. Rien à faire.

– Alors je ne monte pas.

Abdelatif se tourne vers moi, au comble de l'impatience, et m'adresse un rictus agressif. Je file dix dirhams au chauffeur et l'affaire est dans le sac, si je puis dire.

Dans le car, Abdelatif reste quelque temps silencieux, le front contre la vitre, puis il se lance dans une série d'explications censées expliquer son ras-le-bol. Au bled on ne peut rien faire, le regard des vieux est pesant, de toute façon il n'y a pas de boulot, tout le fric est à Casa et Rabat.

– Te fatigue pas, j'ai compris.

Il paraît tout étonné. Ce n'est pas à moi, le maître de l'ennui rural, qu'il va apprendre quelque chose.

Je lui décris mon patelin. Au bout de cinq minutes, il se tord de rire :

– C'est comme chez moi !

On traverse sans s'arrêter des villages aveuglants de blancheur, toupies de soleil et de chaux tournant autour de leur axe – un minaret émeraude qui darde sa pointe vers le ciel. Quelques fontaines glougloutent sur les places ; leur peinture bleue s'écaille à cause de l'eau qui déborde. Des vieux sont rangés le long des murs comme des santons sur une étagère, à l'ombre, avec leur canne sur les genoux. Le paysage n'intéresse pas Abdelatif ; il est en train de rêvasser. Je dis tout haut :

– Moi, ça m'amuserait de travailler dans un atelier de prothèses.

Il me regarde sans savoir si je blague ou non. Mais je ne blague pas. Je me couperais d'abord le pied, puis la main gauche, puis l'autre pied, et avec la main qui me resterait je me grefferais un crochet de fer et deux bâtons au-dessous des genoux. Je me péterais les dents contre un lavabo et à la place je me mettrais un beau dentier en ivoire. On pourrait vendre mes organes à la boucherie. Un artisan me fabriquerait deux beaux poumons chromés, inoxydables et résistants à la fumée, un cœur en plastique et un foie tout-terrain. Il n'y aurait plus qu'à me couler de l'acier fondu dans le crâne et je serais devenu un cyborg androïde en parfait état de marche. Si on n'est pas content de moi, on peut toujours me démembrer et me vendre au marché de Derb Ghallef, étalé en pièces détachées sur un mouchoir. Un jour, papa avait déclaré à table : « Même sur son trône, un roi n'est jamais assis que sur son cul. » À partir de là, tout m'a semblé organique – la vie, l'amour, l'amitié, la mort. Comme si l'essence de la royauté se logeait dans le cul, comme si l'amour n'était que le sang qui afflue dans la bite.

Abdelatif crache dans le cendrier rempli de mégots et de chewing-gums :

– Et ton père, il fait quoi ?

Un nid de poule fait cahoter le bus. Je prends une voix grave :

– Il est mort. Je l'ai tué.

Abdelatif a exactement la même expression que lorsque son père le bat : dépit, peur, haine.

– Mais non, banane, il est DAF dans une boîte de matériaux de construction. DAF, ça veut dire directeur administratif et financier.

Abdelatif se détend.

– Et il serait content que tu fréquentes un Arabe ?

– Ça, c'est une bonne question.

Tout fier de sa vanne, il me donne une bourrade.

Il faut dire la vérité.

Claire que j'attrape d'un bond par sa natte. Claire que je jette à bas. Sur la moquette de ma chambre, un vieux trognon de pomme tout oxydé. Dis que tu pues. Dis : je pue. Comme elle se débat, je lui bloque la tête et je lui introduis la queue du trognon dans la narine. Elle hurle. Ta gueule, maman va monter !

– Tu ne te sépares jamais de ton sac à dos ?

– Abdelatif, j'ai eu un deuil dans ma famille.

– Moi aussi. L'année dernière, j'ai fermé les yeux de mon oncle.

Ma bouche reste scellée. Abdelatif, je me fous de ton oncle.

– Tu sais quoi ? reprend-il. Les cadavres, ils se chient dessous.

Ta gueule, sac à merde. Toutes ses merdes dans mon sac : gommes, maquillage, coupe-ongles, cahiers Clairefontaine. Cette pyramide d'objets morts, c'est moi.

– Il y a quoi dans ton sac à dos ?

Des valeurs que j'ai thésaurisées. Mais c'est fini tout ça, j'ai brûlé mon passé.

– Avant de franchir le détroit de Gibraltar, les clandestins brûlent leurs papiers. C'est pour ça qu'on les appelle les harragas.

C'est tout à fait ça, Abdelatif, j'ai fait comme les harragas, j'ai brûlé mon passé. Mais finalement je le récupère. Je ne touche jamais aux reliques.

– Pourquoi tu tiens toujours les lanières de ton sac à dos ?

Quand j'ai débarqué du ferry, il y a dix jours, je n'ai pas eu envie de me fixer à Tanger.

La population est mêlée : faux guides, mendiants professionnels, businessmen, dondons, imams, dockers africains, pickpockets de neuf ans. Les chantiers à ciel ouvert exhibent des carcasses de bateau et des coques à moitié calfatées en équilibre sur des étais. Des mouettes criaillent dans l'air froid et pollué.

Entre Tanger et la Somme, il y a près de deux mille bornes. En descendant de Tanger vers le désert, j'ai fait exactement deux mille cent cinquante-trois kilomètres. Je suis donc revenu à équidistance des derricks de Dakhla et des roses trémières de maman. À mi-chemin entre le Sahara et les tas de sable de chez Piketty. Les soldats qui gardent la frontière mauritanienne s'emmerdent autant que mes vieux potes – Burnod, Jeff, Éric, qu'est-ce que vous foutez à l'heure où je redécouvre Tanger ? Goéland géant, je touche du bout de mes ailes l'extrémité du Maroc et de la France, et mon corps blanc survole les chantiers navals, frôle les containers, et mon duvet chatouille les files de poids lourds espagnols que les douaniers fouillent sur le terre-plein bétonné devant le ferry. On va bouffer un sandwich au poisson grillé. Sans ménagement, Abdelatif chasse les vendeurs et les faux guides qui me harcèlent. Un vieux fait les poubelles sous l'œil désabusé des manœuvres et des douaniers. Le vent balade des feuilles de journal sur la chaussée. Ma mémoire se tend comme une voile.

Les cartes piratées, ça me plaît. J'aime le côté arnaque, bidouillage. Rien n'intéresse vraiment Abdelatif, ni ses copains, ni les miens, ni sa famille, ni mes histoires, ni même les filles de son pays qui sont trop dures à emballer. Mais quand il parle bizness, il s'enflamme.

– En France, combien vous payez pour l'abonnement TPS ?

– Je ne sais pas, peut-être trois cents francs par mois.

Ses yeux se remplissent d'étoiles.

– Imagine une carte qui peut t'ouvrir tout le bouquet TPS, ART, AB Sat, SCT, SLO-TV, SRG-Swiss et NTV Russie pour cinquante francs, alors qu'un abonnement officiel c'est cinq mille dirhams au minimum. Le mieux, c'est TPS. Tu as Algerian TV en numérique et le bouquet arabe ART. Mon cousin a regardé le mode d'emploi sur Internet. Il n'y a aucun risque de se faire prendre.

– Tu es sûr ?

– Ici, tout le monde fait ça.

C'est demain qu'il doit entrer en possession de la cargaison. Sa mission consiste à récupérer les cartes piratées qui arrivent d'Espagne par voilier. Son cousin, qui est en cheville avec des informaticiens de Carthagène, a déjà réglé la transaction. Abdelatif n'a plus qu'à se présenter à l'heure dite. Enfin, c'est ce qu'il affirme, en proie à l'ivresse des sommets, criant presque dans le café borgne où je me réhydrate. Si son père le voyait… Ses mains manipulent fébrilement mon briquet, son corps grêle est une pile électrique. Manifestement, c'est l'affaire de sa vie. Je suggère qu'on rentre à la pension pour faire dodo. Sur les hauteurs, des immeubles empilés les uns sur les autres, couleur blanc sale, surplombent le port où languissent des chalutiers. Il me montre du doigt les immeubles.

– Regarde toutes ces paraboles ! Il y en a des milliers rien qu'à Tanger. Les gens sont tous accros. Tu penses, avec les chaînes de cul. Imagine le marché que ça représente !

Ses bras remuent frénétiquement dans le noir. Ils se droguent à l'Occident, moi à l'Afrique : comme le monde est étrange.

Le lendemain, je descends pour faire une lessive. À mon retour, je trouve Abdelatif en train de fourrager dans le bordel de mon sac.

– Te gêne pas, connard.

Il prétend qu'il avait besoin d'une aspirine.

– Je n'en ai pas pour toi.

Abdelatif soupèse un des cahiers de cours de Claire.

– Tu tiens un journal de bord ?

– C'est à ma sœur. Attention, tu sais qu'en France les frères protègent aussi leurs sœurs.

Abdelatif repose précautionneusement le cahier et je redescends pour surveiller mon linge. Dans le lavomatic, je regarde le tambour de la machine tourner à deux cents tours par minute. Quand enfin je remonte avec mon paquet de linge mouillé, Abdelatif est installé sur le balcon avec le cahier de Claire. Il se tourne vers moi, goguenard.

– Écoute.

Il lit en pouffant toutes les deux minutes.

Vendredi 11 février

Mon mal de ventre a recommencé dans la soirée. Je ne pouvais plus faire un geste. Maintenant ça va mieux. Comment peut-il y avoir tant de tourment dans ces replis naturellement faits pour la vie ? Comme ça doit être étrange de sentir un minuscule battement de cœur à quelques centimètres du sien. Un tressaillement de vie qui suscite une angoisse folle mais aussi tant de bonheur ! Pour l'instant, mon ventre est vide. Comme toujours, j'ai l'impression d'être une baudruche près d'une allumette.

– Lâche ça.

Ma voix est calme. Abdelatif, désarçonné, me rend le cahier. Je le prends et le range dans mon sac, incroyablement maître de moi-même.

– Abdelatif, tu vas à la mosquée de temps en temps ?

– Avec mon père, ça m'arrivait.

– Vous avez le droit de demander des choses à Dieu ?

– On peut lui parler.

– Alors va à la mosquée et demande-lui de verser la paix dans mon cœur.

Quand il est parti, je ressors le cahier. L'écriture de Claire, appliquée, gamine, avec des a et des o rondouillards, court sur des dizaines et des dizaines de pages. Je referme le cahier, calmement, et je le rouvre. Mêmes pages, même écriture. Soudain, je me mets à suer comme si j'avais quarante de fièvre. Une douleur à la tempe : on enfonce un judas dans son crâne pour que j'aie tout loisir de l'espionner. Je range le cahier et je m'en vais injurier les mouettes.

Abdelatif regarde les côtes d'Europe de l'autre côté du détroit. Depuis la falaise où paît une brebis, on a l'impression qu'on peut les toucher, les atteindre en prenant son élan. Droit devant se trouve ma maison. Aujourd'hui comme hier, maman soigne sa dépression devant ses azalées. Il suffirait que je franchisse le détroit de Gibraltar, les Pyrénées et le Massif central pour piétiner à nouveau son jardin. Abdelatif, lui, a carrément chaussé ses bottes de sept lieues.

– Je vais trouver un boulot. J'aurai une voiture, un appartement. Quand je reviendrai ici, mon père et mes sœurs seront fiers de moi.

– Tais-toi, ça va te porter malheur. Dans les westerns, quand un gars parle de ses projets d'avenir, c'est qu'il va se faire dézinguer à la scène suivante.

Abdelatif bougonne. Les bras passés autour des genoux, il rêve de société de consommation et de liberté sexuelle. Il se met à parler en arabe pour lui-même. Plus tard, il me traduit :

– Il y a très longtemps, un géant a posé à Gibraltar le dernier pilier du monde. Au-delà, les enfers commençaient. Dans sa barque, Charon faisait passer les morts.

Il gratte sa terre. Ses ongles noircissent et le soleil décline.

– Quelle heure il est ?

Abdelatif a encore trois heures avant son rendez-vous de pirates.

– Tu vas m'emmener dans le quartier chaud.

Sa tronche prend une teinte violacée. Il ne conçoit pas qu'un Français puisse choisir dans le bas du panier. J'insiste.

Abdelatif repart à Casa pour écouler ses cartes à puce. Je reste seul.

Après la casbah s'étend Beni Ouriaghel, un quartier misérable fait de maisons construites en terrasses sur des pentes, le genre de bidonville où une coulée de boue fait dix mille morts en une minute. Une échelle de bois permet de passer d'un niveau à l'autre. Les baraques donnent d'un côté sur un remblai de terre et de l'autre sur les toits des voisins, encombrés de linge qui sèche. Au-delà, les pentes couvertes d'ordures tombent directement dans la mer, entre le terminal des ferries et les pêcheries. Les gosses n'ont qu'à dévaler la décharge publique pour aller se baigner. Quel génie a dit que la misère était plus facile à supporter au soleil ? À la maison, on a l'eau courante et le tout-à-l'égout, mais, pour la mer, il faut aller dans la salle de bains, et encore, ce n'est qu'une œuvre d'art à chier.

Je descends sur la terrasse d'en dessous. Des ouvriers sont en train de consolider un mur de soutènement. Plus loin, une poule picore une selle de vélo en état de décomposition. Les jeunes glandent sur le pas des portes. Aucun bizness pour les tirer de là. À Beni Ouriaghel on s'emmerde sec. Eux ne tiennent pas de journal. Pour tenir un journal intime, il faut d'abord avoir une intimité. Il faut aussi n'avoir rien d'autre à foutre. Il faut aimer se regarder le nombril. Mon beau miroir, dis-moi que je suis la plus moche et la plus seule. Dis maman, quand est-ce que je vais être enceinte ? Mais, ma chérie, tu sais bien qu'il faut d'abord se faire troncher.

Des intérieurs, on ne voit pas grand-chose à part des sofas et des portraits officiels du roi. Encore des jeunes qui s'emmerdent et des gosses déguenillés, un filet de morve au nez. Des gorets couinent dans un enclos. Et si je leur donnais le journal de ma sœur à bouffer ?

Depuis le départ d'Abdelatif, je loge dans une pension minable qui a pour nom Mouniria. Le matin, je me rends au café Hafa, où je prends mon thé à la menthe du matin, enveloppé par les odeurs de *chicha* et les grosses fleurs rouges qui poussent derrière les parapets en osier. Il y a au moins deux cents mètres de dénivelé. On a l'impression qu'on pourrait plonger d'ici et se retrouver dans l'eau pour faire la course avec les dauphins et les supertankers. Abdelatif m'a expliqué que Gibraltar signifie « la montagne de Tariq ». Sacré Tariq ! Le matin, son rocher émerge lentement de la brume, mal réveillé, de mauvais poil, mais dès que le soleil entre en action il s'ébroue, refusant de se faire piquer la vedette ; à midi il rugit sous le cagnard, prêt à tout écrabouiller, et le détroit à ses pieds devient un filet d'eau, et les pétroliers deviennent des jouets pour le bain ; vers cinq heures de l'après-midi il s'apaise et devient semblable, par la couleur, aux cristaux de sucre de canne et au thé que je consomme tranquillement en bronzant, renversé sur ma chaise bleue, à la terrasse du café Hafa. Je squatte là des heures, sans bouger, sans même fumer, en laissant de côté les choses qui me causent du souci, et je me désaltère, sirotant mon thé et l'ombre des palmes, buvant le détroit qui file à travers mon verre, et je reste là toute la journée jusqu'à ce que les cargos, les raffineries, les pêcheries et les rues s'allument dans le crépuscule industriel.

La mystique du vagabond n'a plus d'effet sur moi. Je suis parti, j'ai planté tout mon monde, et à quoi ça m'a avancé ? Mon passé me colle aux semelles comme un vieux chewing-gum. Ce journal me donne la frousse. Il ne m'appartient pas. Le voyeurisme posthume, non merci ! D'ailleurs, il n'était pas écrit pour être lu.

J'ai posé sur lui mes lèvres gercées. Il s'est ouvert tout seul, en signe de résignation. Vas-y, Frank, allume le bûcher, brûle mon passé, détruis-moi, tu n'as été bon qu'à ça toute ta vie – toute ma vie. Alors je suis allé chercher la patronne de la pension Mouniria, une vieille qui a grandi sous le protectorat et qui parle un peu français.

– Bonjour madame l'aubergiste, demande le gentil Frankie, je vous présente ma sœur ?

Elle a commencé sa lecture. Je n'ai pas réussi. Il faut s'entraîner beaucoup avant de pouvoir supporter la souffrance que provoquent les cancans d'outre-tombe. Je n'ai pas les reins assez solides pour entendre parler de ma sœur, de mon papa, de ma maman, de ma Chloé, par la voix d'une inconnue. Je lui ai repris le cahier et je suis parti : la fuite en avant. À bout de nerfs, je me cale au fond d'une impasse. Les petits cireurs de pompes me trouvent un air louche. Mes mains paniquent.

Vendredi 1er juin

J'ai toujours l'impression que, le premier du mois, il va se passer quelque chose. Comme je terminais tôt, j'ai pu aller au pressing pour retirer ma robe.

Elle n'est pas abîmée comme je le craignais, mais ma broche papillon reste introuvable, alors j'en ai acheté une autre. Je veux faire honneur à Maxime.

Obscénités.

Du cimetière, on aperçoit la citadelle, la casbah et les arbres du Cosso. Les tombes blanches dominent la mer. Je suis tourné vers l'Europe comme les morts d'ici vers La Mecque. C'est bizarre, j'ai besoin d'être loin pour être près. Ton corps est enroulé dans un tissu virginal. Je suis une sentinelle aux portes de l'Afrique, ma sœur ne vois-tu rien venir ? Rien à l'horizon que l'Espagne et les piliers d'Hercule. Et le cimetière de mon village où, le 11 novembre, tous les gosses de l'école se réunissaient avec le conseil municipal et la fanfare et les tubas.

Je suis donc arrivé au royaume d'Hadès, le pays des ténèbres. Une petite fille passe derrière moi en chantonnant. C'est ma sœur qui parle. Le vent souffle dans les touffes d'herbe. C'est ma sœur qui rit. Un ferry lâche un coup de corne de brume. C'est ma sœur qui pleure.

Un chien vient me renifler. Je fais le vide dans mon âme. Le clébard passe son chemin : je suis devenu un homme invisible. Sans odeur, sans attaches. Je sonde ma vulnérabilité ; je me revois fouiller sa chambre, sa tombe. Le hasard fait mal les choses. Je maudis ma malchance et, dans mes bras, je berce le cahier. Il faut y arriver, Frankie.

Tu n'es pas venu ici pour t'éloigner, pour fuir, pour oublier, et tu le savais en partant. Tu es venu ici pour connaître le royaume des ombres. Ne plie pas alors que l'épreuve commence à peine.

Entre les murailles noires se faufilent des ruelles. Des ombres s'y glissent subrepticement et errent à l'aventure. Les portes des maisons sont entrebâillées. De lourds parfums stagnent dans les couloirs et jusque sous les porches. La lumière a disparu de la surface de la terre. Il paraît que les jeunes font leurs premières expériences là. J'avance dans le boyau, presque à tâtons, n'osant tourner la tête de peur de sentir fondre sur moi les goules. D'autres hommes s'enfoncent avec moi au plus profond de la médina, à la recherche de silhouettes qu'ils ont peut-être déjà vues dans un cauchemar. Ici on commerce avec les âmes perdues. Ici chacun est seul. Les hommes, à leur insu, me montrent l'exemple : je me penche un peu pour voir ce que recèlent les galeries. Des formes mouvantes, des voiles, des parfums, des bijoux, des dessous diaboliques palpitent dans l'obscurité. On fait des gestes, on échange quelques mots. Une fille ôte son linceul devant moi : une traînée de charbon intensifie son regard. Elle ne parle pas français. Certaines me dédaignent. D'autres refusent. Plusieurs sont analphabètes.

– Tu t’appelles comment ?
– Mariam.
– Tu viens d’où ?
– Nationalité Côte-d’Ivoire.
– Tu sais lire ?
Elle rit :
– Ça va nous servir à quelque chose ?
Elle dégrafe son soutien-gorge en dentelle violette. Sa peau est très noire, sa cambrure marquée. Elle retire sa culotte. C’est la première fois que je vois une femme. Je m’assois sur le lit, dos à elle. Le matelas, maculé de taches, est bouffé par les mites. La chambre pue les pieds. Elle rit à nouveau.
– Vite, je dois travailler moi.
Après lui avoir confié cinquante dirhams et le cahier, je m’accote à la fenêtre.

Mardi 22 février

L’image de Nathalie me hante. Je me demande à quoi ressemble la décoration de sa maison. J’ai toujours été jalouse de Chloé. Je la déteste. Et je me hais de la haïr ainsi, parce qu’elle ne m’a rien fait. Dans la vie, chacun a ses ambitions. Papa dort au bureau pour finir ses dossiers en retard, maman bichonne son jardin, Frank traîne avec ses copains tous plus débiles les uns que les autres, Maxime veut créer sa propre entreprise. Moi, je me voyais en danseuse étoile. J'avais toujours peur de grandir trop vite ou de me casser quelque chose. Je priais Dieu pour qu'Il m'aide à rester maigre. Aujourd'hui, je prie pour que Chloé ne réussisse pas là où j'ai échoué. En même temps, je fais tout pour la rencontrer, je passe exprès devant sa maison. C'est vraiment la plaie qui réclame son sel.

Jeudi

Le mal de ventre m'a repris après le déjeuner. Je regardais la télé et, sans crier gare, la douleur est revenue. Les calmants n'y ont rien fait. Une collègue martiniquaise m'a dit que la bile des personnes méchantes finissait par déborder dans les autres organes. Je suis une envieuse. Jalouse de Chloé, des copains de Frank, de mes collègues, des gens heureux, des filles de mon âge qui sont enceintes.

Dimanche 27

Les amis de Maxime sont des idiots. Il y a des choses que je connais infiniment mieux qu'eux et je ne m'en gargarise pas. Nous, les provinciaux « arriérés », on n'aurait pas l'idée de se vanter de la qualité de vie qu'on a. Comme dit bonne-maman, dans la vie, tout est affaire d'éducation. Je ne comprends pas que Maxime s'entoure de personnes si bornées. Passons… Je n'ai pas pipé mot de la soirée, mes idées noires gâchaient tout. Quelqu'un a renversé du vin sur ma jupe. Il y a des soirs où rien ne vous réussit. Aujourd'hui, dans un salon de thé, on a bu un chocolat délicieux, soi-disant préparé d'après une recette aztèque. Qu'est-ce qu'ils ne vont pas inventer ! Je suis rentrée par le train de 17 h 47 qui évidemment était bondé.

Maxime n'est pas attentionné avec moi. Il m'aime, ce n'est pas cela que je mets en cause, mais il refuse tout engagement, il est toujours indisponible. Pendant le déjeuner, je lui ai reproché son indifférence, mais devant son air malheureux j'ai regretté mes paroles. J'ai foi en lui, je l'admire pour sa détermination et son courage. Ses études ne lui permettent pas toujours d'être présent dans les moments où j'ai le plus besoin de lui.

Au-delà de Tanger c'est la voie de chemin de fer en provenance de Casa.

Au-delà de Tanger c'est le sifflement du train, du train-train, du train-train-train qui déraille dans ma tête.

Les rails perforent ma matière grise.

Au-delà de Tanger c'est la mer de la solitude et de l'ennui que labourent les ferries.

Au-delà de Tanger c'est la Costa del Sol, les rivages blanchis d'os, mes côtes sous lesquelles point une douleur.

Je vais couler si tu ne me retiens pas.

Au-delà de Tanger c'est le désert des hommes bleus et des petites cathos coincées végétant au fin fond de la Somme.

Au-delà de Tanger les quatre points cardinaux nous dirigent toujours vers la somme de nos péchés.

Es-tu retournée à la poussière ?

Les ballets qu'on ne dansera pas, les Baléares qu'on n'aura jamais.

Au souk j'ai acheté trois mètres de tissu et une paire de sandalettes en cuir. Le marchand était déçu que je n'essaie même pas de marchander ; mais c'est un sport qui m'emmerde, comme tous les sports d'ailleurs. Au café Hafa, envoûté par le shit et la mer, j'ai attendu la nuit.

Quand je suis arrivé, j'ai cru un instant que Mariam était une infirmière et j'ai failli prendre des nouvelles de ma sœur :

– Elle a encore mal au ventre ?

Le galetas où Mariam vit et travaille n'avait pas vu un objet neuf depuis des siècles. À la lueur d'une bougie, j'ai cloué le tissu devant un angle de la pièce. Désormais, Mariam lira derrière ce paravent. Les sandalettes étaient trop petites ; tant pis pour elle. D'un geste furtif, que les filles dans la rue font lorsqu'elles se croient seules, Mariam a tiré vers le bas sa culotte qui lui rentrait dans les fesses. Puis, en soupirant, elle est allée prendre place sur le tabouret. Derrière le tissu, la bougie promenait son feu follet.

Je m'allume un pétard. Claire s'éclaircit la voix.

Vendredi 3 mars

Les patients meurent toujours entre trois et quatre heures du matin. Pourquoi ? Je n'ai pas la réponse, mais je peux dire qu'à cette heure, moi, je veille. Soit je suis à l'hôpital et mon activité est celle d'une journée normale, soit je me retourne dans mon lit à la recherche du sommeil. Mon esprit tourne à vide. Quand j'étais petite, papa disait que je ne réfléchissais pas assez avant d'agir. Je crois que c'est le contraire : je pense trop. La nuit, c'est un déferlement de pensées sans queue ni tête.

Mariam me tire de la demi-conscience où je flotte.

– Ça suffit.

– Continue, je te paierai.

La bougie vacille et elle reprend :

Des images passent en boucle dans ma tête : Chloé au zénith, Maxime au lit avec une autre, des bêtises. Je me sens toujours en faute. Un homme de quatre-vingt-deux ans meurt d'une broncho-pneumonie ? Je m'accuse de lui avoir répondu trop sèchement la veille. Les réunions de famille m'enchantent ? Je suis une vieille fille. Ce matin, Frank m'a dit : « Avec ton faux foulard Hermès et ton maquillage carotte, tu ressembles aux secrétaires de papa. » C'est ma faute, je n'avais qu'à m'habiller plus simple.

Dimanche

Un bon week-end tranquille à la maison. Papa était au golf, maman dans le jardin, Frank en ville. Il fait encore jour. Chez les Clamart, le cerisier du Japon vire au rouge. Il fait doux. L'univers est si grand. Devant ce quelque chose de généreux qui émane de la nature, mon cœur se gonfle de gratitude.

Lundi 6

J'ai repris sans joie la routine de la déchéance et de la mort : toilettes, repas à la becquée, perfusions, injections d'anticoagulant, etc. Mon ventre est un conglomérat d'angoisses. J'ai mal, mal, mal. Les mots ne veulent rien dire. Il arrive un moment où parler de la douleur est inutile.

Mariam a passé sa jeunesse à Abidjan, maman à Paris, papa à Dunkerque, moi et Claire à Eppailly. La baraque où j'ai grandi est un pavillon Kaufman and Broad, semblable aux autres pavillons de la résidence. Entre la porte d'entrée et la fenêtre, au niveau de la sonnette, un fil de fer forgé dessine sur le crépi *Au pommier d'azur*. C'est évidemment maman qui a choisi le nom. Une allée de pierres plates mène au perron de la maison. Si l'on veut accéder au garage de l'extérieur, il faut soit prendre le raidillon bétonné, soit obliquer par la pelouse. Le portillon bascule dans un roulement d'engrenages. Une ampoule, pendue au bout d'un fil, projette une nappe laiteuse sur la BMW de papa, parquée au beau milieu du garage à bonne distance de la tondeuse, du vieux buffet, des caisses de pinard, des bacs à outils et des vélos. Le mur du fond est masqué par des étagères garnies de boîtes de conserve, de détergents et de fertilisants – le côté de maman. Je n'aime pas cette baraque.

J'aime Tanger. Et Mariam. Cette ville et cette fille me sont faciles. Elles sont sales, obscures et embellies de dentelle. Leurs odeurs portuaires me prennent à la gorge. Leur sensualité me raidit. Elles m'accueillent sans mégoter, me chuchotent les secrets que je veux entendre, les vérités que j'ai toujours pressenties – sur moi, sur ma sœur et sur le reste. Elles me caressent dans le sens du poil et, quoi qu'elles aient à me dire, je les prends au mot. À la nuit tombée, je plaque l'une pour l'autre ; un peu plus tard je replonge avec délices dans les ruelles, avant de me perdre une nouvelle fois dans le labyrinthe de ma mémoire ; et ainsi de suite. Leurs voix et leurs échos me livrent ma sœur, me salissent ma sœur si pure, la remplissent, lui donnent forme, la comblent, elle qui voulait tant être enceinte.

Le jour est propice à mes élucubrations. Qui est ce Maxime ? Je me représente son style, son aura, sa force, sa queue ; ma sœur passe des nuits en boîte avec lui, alors qu'il y a peu elle détestait se coucher tard. Mariam retrousse sa lèvre en signe de perplexité et se remet à lire en buttant sur les mots difficiles. Elle lit pendant vingt minutes, je la paie puis elle retourne travailler. Parfois j'arrive juste après un client ; elle commence alors la lecture accroupie au-dessus du bidet, une main fouillant le passé, l'autre ondoyant ma peine. Elle ne va se cacher derrière le paravent qu'une fois sa toilette terminée. La bougie se consume peu à peu. Un croissant de lune ouvre une parenthèse dans le ciel noir. Qui la refermera ? Des ombres se coulent le long des murs. Des chats miaulent. Le gland de mon pétard luit doucement dans les ténèbres, âme incandescente que je retiens prisonnière.

Quand le journal est trop cucul, je pleure ; quand il sonne juste, je ricane ; quand je me fais critiquer, la mauvaise foi me disculpe. Bref, ma personnalité n'a pas bougé d'un iota. Mariam se passionne pour les péripéties de ma frangine. « L'arthrose de bonne-maman s'est réveillée. Elle ne peut plus repasser ni tricoter. Dans ces moments-là, on se rend compte de la chance qu'on a d'être jeune. » Baby-sitting chez les Maiertz : « Pas de soirée télé. Sur ce chapitre, je suis de la vieille école. *Mille Bornes* et *Badaboum* éveillent davantage que *Sacrée soirée.* » Mariam adore ces anecdotes de la vie quotidienne. Elle a raison, quoi de plus exaltant que ce sitcom à l'européenne ? Chaque soir, un nouvel épisode : un sacré délassement avant de retourner au turbin.

Les consœurs de Mariam se méfient de moi. Ma gueule ne leur revient pas.

– Ne te soucie pas, elles ont le mauvais œil. Elles viennent du Ghana, du Mali, beaucoup de la Sierra Leone parce que c'est la guerre. Sorcières ! Les hommes ont raison de les traiter mal. Toi, tu n'es pas un homme.

Je ne relève pas l'insulte. Mariam est malodorante et inculte, mais elle est douée de pouvoirs magiques. Sinon, comment pourrait-elle prêter si fidèlement sa voix à une morte ? Nous partageons les mêmes superstitions. Pourtant, contrairement à moi, elle croit à Dieu dur comme fer. Pas étonnant que, dans ces conditions, elle prise fort les états d'âme d'une Bernadette Soubirous de campagne. Ce qui n'empêche pas son lit de crisser souvent.

Et puis, un dimanche d'avril, ma sœur s'est fait larguer par son Maxime. Ça s'est passé en deux temps. D'abord, le rendez-vous à Paris au parc André-Citroën. Elle s'y est pointée vers deux heures de l'après-midi, après avoir déjeuné chez bonne-maman et bon-papa. Il faisait un temps splendide, les gosses couraient en maillot de bain dans les jets d'eau pendant que leurs parents pique-niquaient dans l'herbe. Elle avait déjà le pressentiment qu'il ne viendrait pas, ne me demandez pas pourquoi. Elle a attendu une heure, deux heures, trois heures, avec sa pauvre lampe de bureau qu'elle lui avait dégottée à la galerie des antiquaires de Compiègne. Comme elle aurait voulu être avec lui, allongée dans l'herbe, avec une petite nappe, une salade niçoise et une bouteille de rosé ! Elle était de plus en plus inquiète, elle voyait son Maxime renversé par une voiture, toutes sortes de choses angoissantes. Enfin, vers cinq heures, il lui a envoyé un SMS. C'est donc parmi les cris d'enfants et les ballons de plage qu'elle s'est fait lourder. Il veut encore profiter de sa jeunesse, il sait qu'il ne la rendra jamais heureuse, etc. Du coup, ma sœur a de nouveau des douleurs au ventre. Le gastro-entérologue lui a prescrit un sirop à la valériane.

Moi, de mon côté, je recommence à trop fumer. Dans le quartier du port, j'ai rencontré un mec qui me fournit pour un prix raisonnable. Si Abdelatif était là, tout serait plus facile. Je me demande ce qu'il fait. Peut-être qu'il s'est fait serrer.

Je fume au réveil, au café Hafa, au bord de la falaise, dans les bidonvilles, le soir avec Mariam. À la fin, tout se brouille dans ma tête et je ne sais plus si les gens complotent réellement contre moi ou si je joue à me faire peur. Ce qui me rassure, c'est que je ne suis pas le seul à devenir parano. Mariam croit qu'elle est possédée. Le monde est cerné. Dans un café du Cosso, j'ai vu un petit homme noiraud, le crâne chauve, les lèvres relevées dans une expression d'approbation admirative. Il lisait un article intitulé « Comment la CIA nous espionne ».

Mon sang-froid ne revient pas. Je suis une boule de nerfs. En même temps, une liberté folle, un sentiment de délivrance, une jouissance de moi-même irriguent mon organisme comme une giclée d'amphétamines. Je n'arrive pas à dormir : Tanger à quatre heures du matin, le port, le quartier chaud. Je suis en minorité dans ce pays.

De retour au Mouniria, je me suis regardé dans le miroir : crâne bossué, cheveux noirs, gueule mal rasée, air d'abruti. Le temps m'échappe.

24 mai

Je ne dors plus. Je suis si fatiguée. Je me déteste tant. Le matin, un levier invisible soulève mon corps. Je monte une culotte sur mon ventre en feu. La voiture démarre. Quand j'arrive, le cours a déjà commencé, les étudiants prennent des notes que je photocopie à la sortie et qui vont s'empiler sur mon bureau. Je prends la pause avec les autres. Leurs projets de vacances et leurs récits de coucheries m'indiffèrent au plus haut point. Et puis c'est la fin de la journée. J'ai beau me répéter toute la journée « ce soir, tu ne sortiras pas les photos de Sicile, tu ne composeras pas son numéro de portable », quand j'entre dans ma chambre je n'arrive pas à lutter.

Johnny est un pauvre type. Avant, il était moniteur d'auto-école. Il a été mis à la porte parce qu'il buvait trop, mais il fréquente toujours le *Chant des oiseaux*. Avec sa combinaison de motard et ses histoires drôles, il pense qu'il est irrésistible. Avec ses certitudes sur les profs, la politique et le Système, il croit être un rebelle. Sa moto lui assure quelques succès féminins. Il ne sait rien à part le code de la route et le nom des footballeurs du PSG, ce qui suffit à en faire le plus savant de sa famille et peut-être même de toutes les HLM du Triathlon.

J'éprouve un irrépressible besoin de hurler, je voudrais me lacérer le visage. Mais mon angoisse de perdre le contrôle de moi-même est trop forte. Je peux aller le plus mal du monde, être sur le point de m'effondrer ; l'important est que maman et bonne-maman n'y voient que du feu. Je suis une fille parfaite. Je vais bien. Tout va bien.

Claire est maintenue en semi-vie dans une capsule cryogénique. Congelée dans son cercueil transparent, environnée de brume glacée, elle ne sent rien d'autre que les molles pulsations de ses rêves. À chaque fois que je la réveille pour parler, son activité cérébrale s'amenuise et sa fin approche.

– Frank, où suis-je ?

– Au moratorium des Frères-Bien-Aimés, à Zurich. Tu es morte, mais nous pouvons communiquer ensemble.

– Je sens une lumière mauvaise, une lumière horrible qui m'aspire.

– Tu es en route vers une nouvelle matrice. En fonction des actions de ta vie passée, tu vas renaître sous la forme d'une riche héritière, d'un lapin de garenne, d'un microbe ou d'une pute ivoirienne dans un bouge de Tanger.

– Depuis la dernière fois qu'on s'est parlé, il me semble que j'ai rêvé. Ça fait vraiment deux mois que je suis morte ?

L'an dernier, Burnod m'a fait lire le Bardo Thödol, le Livre des morts tibétain. Burnod n'est ni théologien ni chinois, mais il pense que ce livre s'approche de la vérité quand il décrit les défunts marchant dans le désert quarante jours et quarante nuits avant de renaître à la vie éternelle. Il y a deux semaines, lorsque j'ai vu le monde des vivants stopper net devant le Sahara, c'est à ce bouquin que j'ai pensé. J'aurais pu, moi aussi, traverser ces solitudes de sable, subir l'ascèse jusqu'à mes dernières forces, arriver enfin à Tombouctou au bout de cinquante-deux jours, à moitié crevé et mort de soif – mais après tout c'est ma sœur qui est morte, pas moi. Tout ça pour dire que je préfère *Ubik* et compagnie au Bardo Thödol. Les gens cultivés méprisent la SF : communiquer avec les morts, être télépathe, préconnaître le futur, c'est bon pour les ados attardés et les amateurs de chichon. Et les fois où mon père m'arrache les yeux avec une pince à métaux, c'est de la science-fiction peut-être ? Je vous dis que je suis un précog.

Il y a une tempête dans le port de Tanger : les bateaux sautent, les palmiers se tordent, la pluie noie les frontières ; je reste dans ma pension à boire du thé noir, du thé vert, du thé noir, du thé vert ; je regarde les feuilles de menthe qui pourrissent à la surface de mon verre. Si on coupe l'alimentation en électricité du moratorium, Claire pourrira elle aussi dans sa capsule cryogénique.

J'imagine un futur proche. Agenouillé sur une butte ou au pied d'une dune, je parfais un tas de sable : ma mélopée est devenue sépulture. Je fleuris le tas de sable pour ma sœur qui, ayant été, n'est plus. Révolution du temps. Nous nous serons libérés l'un l'autre. Claire sera en moi et ailleurs, dans ce tas de sable, au gré du vent, près des étoiles, avec le Père, où l'on voudra. Je serai en Claire et ailleurs, en Picardie, dans le Rif ou à Tombouctou, peu importe. Le voyage est une machine à produire de l'écart. Le passé, comme une cellule répliquée à l'identique, se scinde du présent et s'éloigne. Gémellité de part et d'autre du miroir. C'est la mort calmée. Et mon deuil sera fini.

La voix du gendarme est froide, métallique, comme si elle provenait non de sa gorge mais de ses iris bleu acier.

– Messieurs, vos fils ont été interpellés cet après-midi chez Piketty alors qu'ils étaient en train de dissimuler une vingtaine de panneaux dans les tas de sable du chantier. D'après leurs déclarations, ils comptaient en faire des cibles de tir. Aujourd'hui, dans leurs jeux vidéo, on apprend à tirer au bazooka sur les flics. Ça s'appelle des wargames. Alors piquer des panneaux de la circulation pour en faire des cibles de tir, appelez ça un jeu virtuel, un wargame, appelez ça comme vous voudrez ; dans notre jargon, ça s'appelle du vol et du recel de marchandise volée.

Un silence de mort pèse sur les pères et les fils réunis. Le gendarme reprend en croisant les mains au-dessus de son bureau :

– On va s'arrêter là. Mais faudrait pas nous prendre pour des cons. Mes hommes ne sont pas payés pour revisser des sens interdits aux carrefours. Alors il faudrait que vous leur serriez un peu plus la vis, à vos gosses, parce qu'on ne vous refera pas cette fleur. Voilà, messieurs, à présent cette affaire ne concerne plus que l'intimité des familles.

Pères et fils se lèvent de concert dans un silence absolu ; on entend des déglutitions cruelles, des craquements de genoux. Quatre couples se forment et se dirigent en file indienne vers la sortie. Les pères, index pointé comme un canon de fusil, poussent leur fils en avant.

– Monsieur Jolivet, dit l'adjudant, je voudrais vous parler quelques instants.

Papa et moi reprenons nos places respectives. De la fenêtre, on voit tout le monde sortir du bâtiment. Johnny se fait massacrer par son vieux.

Mariam est une putain de sorcière. Elle sait faire parler les morts ; elle multiplie les orgasmes comme des petits pains ; dans le quartier, pourtant, on la méprise. Mariam prie beaucoup, plusieurs fois par jour, pour que Dieu la protège du sida. Avec son aide, elle est sûre de s'en sortir un jour. Maman prie beaucoup elle aussi. Pour assurer à Claire une place au paradis. Ni maman, ni Mariam n'osent me toucher. D'une main délicate, experte, discrètement hydratée au lait d'amande, l'une fait éclore les fleurs et l'autre jaillir la sève. Moi je ne couche pas. J'écoute simplement, un joint aux lèvres, papa critiquer les chauffeurs routiers, papa expliquer à bon-papa le fonctionnement de notre nouvelle cheminée en briques réfractaires, papa relire un contrat de six millions. Mariam commence à s'y retrouver : elle a de la sympathie pour ma sœur parce qu'elle est une grenouille de bénitier comme elle, mais elle ne comprend pas pourquoi ça ne tourne pas rond : Claire a pourtant un métier, un toit, une famille.

Il fait beau. Je suis seule. J'ai affreusement mal au ventre. Maxime m'a dit : « Tu ne seras jamais heureuse. » Il aurait été le mari, le père, le soutien, ma Providence. Je l'ai écouté en me tordant les mains. Muette, comme je l'ai toujours été en présence de ses amis. Nulle. Je croyais que son amour était inaltérable. Maman ne se doute de rien. Ici, toute souffrance est taboue.

Mariam sort de derrière le rideau : la séance est terminée. Repliant ses bras et bombant la poitrine, elle enlève le châle dont elle se couvre à chacune de mes visites – derrière son rideau, immobile, elle a froid. Le gri-gri qu'elle porte au cou rayonne comme l'étoile Mercedes que Burnod m'a confiée. Il aurait sûrement aimé que Mariam le suce dans sa chaise roulante, lui qui a si peu de satisfactions en ce bas monde. Je reprends le cahier des mains de Mariam, troublé par la sensualité de ses lèvres charnues, par l'opacité et la douceur de sa peau. Elle encaisse mon argent après l'avoir compté.

– Tu m'avais dit plus.

Mariam m'a expliqué qu'elle économisait pour passer en France et s'inscrire comme réfugiée politique. Je lui ai répondu que je m'en foutais et qu'elle n'était pas payée pour raconter sa vie.

Nous descendons l'escalier, moi dans un état second, elle en petite tenue, pour la suite des événements. Je titube. Mariam me retient : prêtresse, nécromancienne, elle sent qu'il ne faut pas trop me laisser seul. Elle me renvoie dans la chambre comme un enfant puni. Je trébuche contre le ventilateur et me retrouve derrière le rideau.

Quelques instants plus tard, la porte s'ouvre. On va m'assassiner. Non, il fait trop sombre. Le client ne se doute pas de ma présence : moi-même, quand Mariam souffle la bougie à la fin des vingt minutes, je pourrais croire qu'elle s'est volatilisée. Elle se dénude et se couche sur le dos, le cul au bord du lit, deux oreillers calés sous les reins. Le client, dans les quarante ans, se déboutonne et s'approche ; Mariam écarte les cuisses. Mais l'homme reste debout sans savoir quoi faire : un gland timide. Ils respirent, oppressés. J'entends battre leur cœur. Mariam l'entoure de ses jambes et l'attire à elle. Dans la pénombre de la chambre, je distingue, de profil, les tétons de Mariam en forme de fraise des bois, le torse de l'homme courbé, ses jambes et sa bite qui va et vient dans Mariam arc-boutée sur le lit. Papa et maman. Papa et Nathalie. Papa et les vieilles golfeuses. Mon papa surhomme et les jolies mamans des copines de Claire. Claire et Maxime. Claire et Johnny. Moi et Chloé. Une éternité.

Ces temps-ci, sainte Mocheté va mieux. Elle a passé un week-end tranquille. Tarte aux abricots. Sieste dans le jardin. Les roses et les troènes exhalent des parfums délicieux. Elle s'invente des présences : une Brindille, la Fourmi, la Pomme rouge et biscornue que le Soleil gobe.

Moi, je sombre. J'ai peur que papa rapplique et s'en prenne, pendant la nuit, à mes globes oculaires. Alors je veille, comme ma sœur pendant ses gardes :

« Au moment où M. Perrin a rendu l'âme à Dieu, tout le monde dormait dans le service, sauf moi. »

Au moment où ma sœur a claboté, tout le monde pionçait, sauf moi.

« À quoi pensent-ils, quelques minutes avant de basculer de l'autre côté ? »

C'est vrai, à quoi pensent-ils ?

« C'était la nuit. Par la fenêtre de la salle de détente, je pouvais voir un bout du toit de la maternité. Dans mon esprit, le service de nuit est associé à plusieurs sensations : les néons qui inondent le couloir, la fatigue dans les jambes, le goût du Nescafé, le ronron des appareils électriques. »

C'était la nuit. Par la fenêtre de ma chambre, je pouvais voir un bout de la mosquée et les frondaisons des cèdres au loin. De temps en temps, un chien aboyait à l'autre bout de la ville.

« J'étais attablée dans la salle de détente. J'imaginais que Maxime était à côté de moi et que j'apprenais que j'étais enceinte. Et puis, vers trois heures vingt, l'interne m'a prévenue que M. Perrin était décédé. Sans faire de bruit ni déranger personne. »

J'étais donc assis sur mon lit, les yeux explosés, un joint entre le pouce et l'index, comme si un vaisseau spatial m'emmenait vers Bételgeuse. Ma sœur dormait avec sa chemise de nuit en pilou-pilou ; elle bougeait toute seule dans son sommeil, roulée dans les draps, un pli de l'oreiller imprimé sur la joue. Et puis elle est morte. Sans faire de bruit ni déranger personne.

Je divague dans l'interzone. C'est un monde interlope et cosmopolite, peuplé de riches étrangers, de trafiquants, de mendiants et de prostitués. La nuit veut m'énucléer. Je passe devant des bars vides et des villas ruinées. Je sens l'écume poisseuse et la décrépitude des cargos. Un gamin en loques. Donne-moi tes dirhams. Un Européen rougeaud dans l'import-export. Il a connu Tanger dans les années cinquante. La ville avait une place à part dans le protectorat français. C'était la patrie des voyageurs marginaux et des bohèmes épris d'exotisme. À la grande époque, Burroughs, Bowles et compagnie allaient fumer leur *kif* au café de Vienne, à l'hôtel de Genève ou dans les salons du Grand Hôtel El Minzah. Je l'écoute d'une oreille. De l'autre côté du détroit, Gibraltar scintille. Je me fous de toutes ces épaves de cinquante balais non réinsérables, de leur bon vieux temps, de leurs défonces historiques. Ils entretiennent tous une cour de mignons. Moi je n'ai pas envie de me faire enculer.

Je poursuis à travers les ruelles. Des gosses dorment entre les containers du port. Leurs corps sont embrouillés. Je m'insère dans la jungle humaine. Forêt vierge, forêt de cèdres. Je suis la vigie des forêts humaines. Cinq heures. Les réveille-matin sonnent sur les tables de chevet. Mariam est pleine comme une outre. Six heures. Je ne dors toujours pas. Le port s'éveille à la vie tandis que je claque – des dents.

Un peu plus tard, on me réveille à grands coups de latte. Pitié pour les clodos ! J'ouvre les yeux : Abdelatif est en train de me contempler avec son air goguenard. Autour de moi, il n'y a plus que des couvertures crasseuses et des cartons ; les gosses ont déguerpi. Des dockers poussent des diables à la hâte et le ferry vomit des voitures de touristes. Je m'allume une clope. Abdelatif s'essuie les semelles sur une couverture.

– Tu fais la manche maintenant ?

– Fais pas chier.

J'émerge devant une tasse de café noir. Abdelatif me soûle comme à l'ordinaire : il a écoulé toutes ses cartes à Derb Ghallef, son cousin l'a récompensé de cinq cents dirhams et l'a envoyé à Rabat pour voir s'il y avait des possibilités de développement – pour se lancer il suffit d'une carte, d'un câble, d'un PC, d'un programmateur de puce fabriqué artisanalement et d'une connexion à Internet, c'est tout – ensuite il est monté en grade, maintenant son boulot consiste à remettre à jour les cartes. Parce que tu comprends TPS et Canalsat sont en train de réagir, ils modifient leur signal pour mettre hors d'usage les cartes piratées, par exemple les programmes sont coupés juste avant un match de foot, c'est salaud, mais mon cousin et moi on va contre-attaquer, on analyse les signaux émis en direction des décodeurs pour modifier la programmation des cartes et ensuite on reconfigure la carte piratée, ça s'appelle « remettre à jour ». Tout ça pour dire qu'Abdelatif va bientôt pouvoir se payer la traversée du détroit et s'installer en Europe. L'avenir est radieux.

– Et là, tu fais quoi ?

Il doit récupérer une cargaison à Fnideq.

– C'est où ?

– Pas loin. Tu veux venir ?

Je me renverse sur la banquette et je fais des ronds de fumée. Dans cet art, Johnny était passé maître. En sortant de sa bouche, les anneaux étaient tout petits, pas plus larges qu'une bague, puis ils s'agrandissaient jusqu'à avoir la dimension d'une assiette. Je le regardais faire, ébloui, une fesse posée sur le billard du *Chant*, moi le fils de bonne famille qui n'avais pas le droit de fumer, ni de sortir, ni de fréquenter ce gars-là.

Et ça recommence, le collier en dents de requin autour du cou, le bus sans clim', les cahots de la route, les matrones qui refusent mes cadeaux. La route suit le littoral. J'ai eu la présence d'esprit de m'installer à gauche, si bien que j'ai une vue magnifique sur les plages de sable fin qui s'incurvent entre Tanger et Ceuta. Abdelatif insiste pour m'apprendre quelques mots d'argot en arabe. Désolé de ne pas avoir progressé depuis la dernière fois. Son père s'immisce rapidement dans la conversation : le vieux a réussi à contacter le cousin de Casa et l'a menacé de représailles s'il ne se débrouillait pas pour renvoyer Abdelatif au bled. Je revois la rue déserte, bordée de boucheries ambulantes et de quincailleries, les arrosoirs en cuivre qui pendent à la poutre, l'atelier de prothèses, le soleil qui fait étinceler les cristaux de quartz dans la poussière. Abdelatif s'emporte contre son père et les traditions.

– Toi et moi, on est des fugitifs !

Je ne réponds pas.

– Tu regrettes d'être venu avec moi ?

– Non, non.

On est arrivé. Je récupère mon sac à dos dans la soute à bagages.

Aux abords de la gare routière, une meute de taxis racole le client en klaxonnant à qui mieux mieux. Abdelatif négocie avec tous les chauffeurs, s'engueule avec les uns, plaisante avec les autres, et nous voilà installés à l'arrière d'une camionnette qui fonce sur la route mal bitumée. Des collines pelées se dressent devant nous, auréolées de petits nuages en coton. À gauche l'outremer ondule ; de l'autre côté de la route, le désert se cabre. Des Land Rover nous doublent en soulevant des nuages rouges qui nous cachent la vue.

Le taxi nous dépose devant une double rangée de grillages et disparaît sitôt qu'Abdelatif a payé. Les grillages, hauts de trois mètres, sont électrifiés. Quelques chiffons accrochés aux barbelés s'agitent au vent comme des fanions. Tous les cent mètres, les poteaux sont coiffés d'une caméra. Devant le poste de douane, des militaires armés de pistolets-mitrailleurs inspectent les véhicules. Bienvenue dans *La Guerre des étoiles*. Sur la cahute est cloué un panneau où l'on peut lire « Ceuta – Sebta – España » et d'autres trucs en arabe. Je m'énerve :

– Qu'est-ce qu'on fout ici ? Je croyais qu'on allait à Fnideq.

– Fnideq, c'est la partie arabe de Ceuta. Fnideq, c'est le Maroc. Ceuta, c'est l'Espagne.

– Et il est où, ton Fnideq ?

Abdelatif me prend par l'épaule, l'air conspirateur.

– Les Espagnols ne veulent plus livrer par bateau. Ils veulent que ça se fasse sur leur territoire.

Je montre les barbelés.

– Alors allons-y.

Il soupire.

– Un Marocain qui passe la frontière, ça attire l'attention…

Je comprends enfin son sketch.

– Tu te fous de ma gueule ? T'es vraiment un connard.

Abdelatif baisse la tête, mais j'aperçois son sourire rusé en coin. Il me tend un bout de papier.

– Tout est marqué dessus. Tu toucheras ta part.

Je lui arrache le papier des mains et je pars vers la cahute des douaniers, furibard.

Avant de quitter Tanger, je suis allé dire adieu à Mariam et donc à ma sœur. Je n'avais jamais vu le quartier chaud de jour. Les portes des maisons étaient toutes fermées. Un lacis de ruelles comme les autres. Les couloirs eux-mêmes avaient perdu leur parfum.

Je monte l'escalier et frappe à la porte. Pas de réponse. J'entre. La lumière du couloir me guide jusqu'au bord du lit où je m'assois. Sur la table de nuit, il y a des capotes, une montre, un bâton de rouge à lèvres et une boîte de médicaments. Mariam dort en marcel, le bras relevé au-dessus de la tête. Son aisselle touffue sent le rance. Sa poitrine se soulève régulièrement : elle est vivante. Je défais le paravent et l'en couvre. Mariam gémit. Les rêves se bousculent sous son front. Si j'étais encore croyant, je m'agenouillerais au pied du lit et je me mettrais à prier.

– Frank ! Tu veux quoi ?

La lumière du couloir l'éblouit.

– Te confier le cahier.

Maussade, elle se met sur son séant.

J'ai écrit mille brouillons et finalement je n'enverrai rien du tout. À quoi bon ? Au fil du temps, les amis de Maxime m'ont gentiment mise au courant de sa réputation. Moi, quand je l'ai rencontré, je ne savais pas que certains garçons draguaient seulement pour faire du chiffre. D'ailleurs, j'étais très ignorante. Je lui ai offert ce que j'avais de plus intime. Ma naïveté me faisait croire que c'était pour la vie.

Je suis sortie de l'hôpital vers deux heures de l'après-midi et je suis allée déjeuner au MacDo. À la table d'à côté, il y avait Chloé. Faisant contre mauvaise fortune bon cœur, j'ai engagé la conversation. Elle vient d'entrer au centre de formation de Lille.

Douleurs atroces dans le ventre. Tout ça est donc lié. Je me hais.

Quand j'étais petite, je rêvais que papa se mariait avec Nathalie. Grâce à elle, je triomphais dans *Le Lac des cygnes*. J'étais une ballerine sublime, je passais ma vie à m'envoler dans les airs, démultipliée par les miroirs. Moi aussi, j'aurais voulu être soutenue dans mes ambitions, avoir un métier artistique, m'occuper d'autre chose que des mourants. Entrevoir un au-delà dans ma vie de tous les jours. À vingt ans, je n'ai que de vilains souvenirs et des rêves brisés.

Avec son statut de port franc, Ceuta bénéficie de nombreuses exemptions fiscales en plus des trois cents jours d'ensoleillement par an. C'est marqué sur le dépliant. Des villas aux balcons fleuris, alternant avec des immeubles standing, graduent le front de mer agrémenté de fontaines, de plates-bandes et de palmiers ébouriffés comme les plumes dans le cul d'une strip-teaseuse. Sur les trottoirs quadrillés de lignes blanches, pas un détritus, pas un papier gras. Bravo les éboueurs. La baie, entourée par les montagnes, abrite des yachts de quarante mètres serrés le long de la jetée.

À dix heures du soir précises, j'entre dans le bar. Atmosphère lourde, masculine à cent pour cent. Des junkies me dévisagent. Tapotant sur le zinc, je demande en espagnol les *tapas del día*. Le patron répond qu'il n'y en a pas – langage codé. Maintenant c'est à moi d'incliner deux fois la tête, mais je ne moufte pas. Il me regarde fixement. Nerveux, le bonhomme. Allez, je ne vais pas te faire mariner trop longtemps. D'un mouvement ralenti, décomposé en micro-périodes mises bout à bout, comme si une caméra était braquée sur moi pour faire durer le suspense, je fais oui de la tête. À la deuxième fois, il disparaît dans la cuisine.

Le goût de la bière m'envoie aux anges : ça fait plus d'un mois que je suis sevré. En allant essuyer les tables, le patron dépose un sac en plastique à côté de moi. Je vais en examiner le contenu aux chiottes : un paquet de gâteaux. Les cartes à puce, attachées par un élastique, sont rangées dix par dix dans le moule en plastique des gâteaux.

Dans le bar, des types font des allers-retours suspects. L'atmosphère est vraiment gluante. J'ai envie de me tirer d'ici, mais le patron trop jovial me sert bière sur bière. Je fais un geste pour payer, mais un minet en jean et perfecto se pointe, tout sucre, tout miel, et me fait rasseoir. On est parti pour se soûler la gueule ensemble. Il rigole, me pince la joue.

– *¿ Mujeres, ecstasy ?*

9 juillet

Frank va passer la nuit à jouer au poker. Vers dix heures du soir, papa a appelé pour dire qu'il ne dînerait pas à la maison. À l'annonce de cette absence de trop, je me suis mise à pleurer. Maman me regardait avec impuissance. Ses yeux disaient : oh, qu'est-ce que tu as ma petite chérie, tu te sens patraque, appelle donc une amie, tu veux un calmant, qu'as-tu ma chérie ? J'en viens à la haïr de m'avoir tellement protégée. Je découvre à vingt ans que les gens sont lâches et égoïstes et que, dans la vie, personne ne vous fait de cadeau. Je suis conne, je suis moche, coincée, chiante, envieuse, mais je suis digne d'être aimée. Mon Dieu, vous le savez, n'est-ce pas ?

Johnny m'a invitée aux *Vendanges*. J'étais un peu intimidée. La farandole de fruits rouges était un bonheur. Ce garçon n'est pas totalement inintéressant, mais il ne sait pas faire la conversation, ni se tenir à table, ni boire avec modération. À la fin du repas, il a tiré une petite boîte de sa poche ; un instant, j'ai cru qu'il allait m'offrir une bague de fiançailles, avant de m'apercevoir que c'était un étui à cure-dents. Quelle idiote je fais ! Mais je n'ai qu'à claquer dans les doigts pour qu'il m'aide à envoyer Maxime aux oubliettes.

Frank est venu me voir dans ma chambre. Il m'a débité ses mensonges : il doit beaucoup d'argent à un copain, il voudrait lui rembourser sur ses économies, mais s'il le fait il n'aura plus rien pour partir au Maroc. Quel imbécile ! Je suis sûre qu'il trafique. J'ai joué à la sœur parfaite en lui signant un chèque de sept mille francs. Je ne sais pas comment il a réussi à me convaincre. Tout ce qu'il fait m'est étranger. Il est asthmatique et il fume comme un pompier. Il vend de la drogue. Il traîne avec des assistés sociaux qui ne lui arrivent pas à la cheville. Maman est à mille lieues de soupçonner quoi que ce soit. Elle préfère le dialogue. Pourquoi pars-tu seul ? En voyage, l'agréable est de partager ses émotions avec quelqu'un. Frank fuyant la réalité ? Non, tu te fais des idées, Frank est un garçon positif et ouvert. S'il avait des problèmes, il s'en ouvrirait, il sait qu'il peut compter sur nous. Tu parles !

Mardi

J'ai reçu une carte postale des Maiertz en vacances à Bali.

Cette nuit, aucun décès dans le service. Journée de récup' à buller dans le jardin.

La maison est vide sans Frank. Il a de la chance : Casablanca, Marrakech, autant de noms qui font rêver.

Toute la nuit, j'ai pensé à papa. Ses propos de jadis sur les dealers, les tueurs d'enfants. Il y eut une époque où je cherchais, par des actions droites ou courageuses, à gagner son estime. Puis j'ai renoncé. Ma vie n'avait pas à interférer avec la sienne.

La boîte de gâteaux atterrit à ses pieds.

– Je ne marche plus dans tes combines à la con.

Abdelatif compte des billets et m'en tend plusieurs. Je les laisse tomber. Ils zigzaguent en l'air comme des feuilles mortes et se posent sur l'asphalte.

– Pauvre crétin, tu veux me payer avec ta monnaie de singe ? Je vais te dire ce que tu es, avec tes cartes piratées et tes voyages de VRP : un petit joueur. Tu sais combien ils paient, les *harragas*, pour faire la traversée ? Cinq mille balles. C'est pas avec les quatre dirhams de ton cousin que tu vas y arriver. T'es pas assez solide pour aller en Europe. T'es bon qu'à tirer des plans sur la comète.

Abdelatif crache sur les billets dispersés à mes pieds et me répond en arabe. Il n'y a personne pour me faire la traduction simultanée.

Mariam me manque terriblement. J'aime la manière effrayée, trébuchante, dont elle lit le journal de ma sœur. Elle n'a pas son pareil pour élever les propos les plus gnangnan à la dignité tragique. Parfois ses yeux s'embuent de larmes ; et je sais, moi, que ce n'est pas une mouille de commande. Elle est bien la seule à comprendre ce qui se passe. Dans quelques jours, je serai sur pied pour reprendre le journal avec elle.

Abdelatif compte son fric sur un banc. Les barres de Fnideq nous cernent, avec leurs murs lépreux, leurs carreaux cassés, leurs paraboles à tous les étages, leurs vapeurs de boulgour, leurs jeunes sans avenir et les transistors qui gueulent de la variété marocaine : *ia raiah ouin moussafer*. Il paraît que c'est un hymne aux exilés.

Abdelatif recompte son fric. Adieu salles de sport, cartes de crédit, nanas en minijupes, voitures de sport, retour du fils prodigue… Il en a les larmes aux yeux. Pour réaliser ses rêves, il lui manque l'essentiel : beaucoup d'argent, des relations, un diplôme. J'ai envie de lui dire : tu sais, j'ai beau avoir la nationalité française, un peu d'argent de côté, je n'ai pas beaucoup d'avenir non plus. Allez viens, mon pote, je t'offre un thé à la menthe. Mais je n'y arrive pas. À côté de nous, allongés dans leur brouette, des porteurs attendent du travail ; des gosses vendent des cigarettes à l'unité ou des épis de maïs grillés. Le Maroc restera éternellement jeune.

Ma sœur aussi. Elle n'aurait jamais été heureuse, c'est son ex qui l'a dit.

Abdelatif a deux ou trois décodeurs à régler dans le coin. Je l'imagine au travail. Il enfonce la carte piratée, décrypte le décodeur comme son cousin lui a appris et l'image devient nette : TPS, chaînes arabes, films X à gogo. Mon rêve d'ado.

Que fait Mariam en ce moment ? Elle dort. Et ta sœur ? Ma sœur, elle t'emmerde. Ma sœur, elle s'emmerde toute seule à la maison en plein mois d'août pendant que je fume mon shit dans le Rif.

Papa et maman viennent de partir pour Lancieux. J'espère que l'air de la mer leur fera du bien. La météo prévoit du beau temps sur toute la Bretagne. Tant mieux pour eux. J'ai eu maman au téléphone : mémé est en forme, il fait grand soleil, la mer est un peu agitée.

Aujourd'hui, la résidence est calme. Tout le monde est en vacances. J'ai passé deux heures à bronzer dans le jardin. Sans le coup de fil de maman, je n'aurais parlé à personne de la journée.

Ces derniers temps, j'ai beaucoup pensé à Maxime. Je comprends que c'est moi qui l'ai fait fuir. Lorsqu'on était ensemble, je m'assombrissais tout à coup et, au lieu de profiter de l'instant présent, je me posais la question fatidique : ai-je droit au bonheur ? Maman est-elle heureuse, elle ? Je sabotais notre amour. Il n'était pas satisfait sexuellement. Je crois en Dieu de toute mon âme ; le spectacle de la nature me porte au comble de la joie. Mais ai-je jamais accepté qu'il pouvait y avoir d'autres extases ? Quand on faisait l'amour, mon cerveau ne pouvait s'empêcher de faire apparaître papa au-dessus de nous. Toujours dans ces moments je pensais à papa, et je me disais : s'il savait ! Maxime sentait bien que ça clochait.

Mme Clamart m'a appris que Chloé avait eu un accident de voiture. Comme j'aurais voulu ravaler ma méchanceté et ma jalousie de toutes ces années ! Quand on souhaite très fort une chose, elle finit toujours par arriver. Je me hais.

J'ai appelé Johnny. Il a aussitôt réservé une table au *Taj Mahal*. Après le dîner, on est rentré chez lui sur sa Kawasaki. Il m'a offert un dernier verre, puis il m'a embrassée, déshabillée et… Quand ça a été fini, je me suis mise à saigner. J'ai d'abord cru que c'étaient mes règles qui étaient revenues, mais c'est plutôt une blessure que cet imbécile m'a faite dans sa hâte. Maintenant que la comédie est terminée, mon ventre se consume de l'intérieur.

Je suis obsédée par l'image de Chloé clouée sur son lit d'hôpital. Et si par ma faute sa carrière était brisée ? J'irai la voir demain.

Abdelatif serre les dents :

– J'y arriverai quand même.

– Combien il te manque ?

– Huit mille dirhams. Et toi, t'as combien ?

– J'ai encore mille francs sur ce que ma sœur m'a prêté.

À l'évocation de cet héritage fabuleux, son regard brille. Depuis qu'un habitant de Fnideq lui a parlé de Calamocarro, un camp à la sortie de Ceuta pour émigrants en quête de papiers, il s'est mis dans la tête d'y faire un saut pour se renseigner sur les tarifs de la traversée.

Chaque nuit, ma sœur meurt et Mariam perd sa virginité. Et vice versa. Mon vice verse des dizaines d'inconnus dans le lit de Claire, et Mariam m'appelle au secours, étouffée par des sanglots qui lui montent du fond de la gorge. J'ai des fantasmes avec elle, des fantasmes de sauvetage.

Abdelatif me tanne à longueur de journée : comment gagner assez d'argent pour…

– Retourne à Tanger et trouve-toi un Européen généreux.

Il grimace.

– Va déjà écouler tes cartes à Casa.

Haussement d'épaules. Et l'argent de ma sœur ?

– Je t'en prêterai un peu si ça peut te dépanner.

Il se ronge les sangs. Et s'il allait trouver son cousin ? Au Maghreb, la famille, c'est sacré. Il songe aussi à convoyer de la drogue. Croyant qu'il se vante, je lance :

– Et le bar de Ceuta où tu m'as envoyé ? Tu pourrais…

J'en ai trop dit. Ses yeux se mettent à tourner comme des gyrophares.

Un taxi nous mène à la frontière. Poignée de main virile. On se donne rendez-vous dans une semaine à Calamocarro. Au moment où je le vois s'avancer vers le poste frontière, j'ai des remords.

Je tire sur le joint. La fumée bienfaisante descend dans mes poumons et mon sang se charge de shit. Les sauver tous. Claire, Mariam, Abdelatif, tous ceux que j'ai perdus. Leur damnation sera éternelle : morte et enterrée – esclave sexuelle – prison à vie pour trafic de drogue. Autant dire l'enfer. Et moi, je plane toujours dans les paradis artificiels.

Dès le début, j'aurais dû être puni sévèrement, châtié de manière exemplaire, envoyé en taule, mutilé comme en Arabie saoudite ; mais, grâce à papa, je m'en suis toujours bien tiré.

Je vois Johnny qui pisse le sang. Le gendarme :

– Si vous permettez que je donne mon avis sur quelque chose qui ne me regarde pas, votre fils ne devrait pas fréquenter n'importe qui.

Papa regarde à travers moi, puis il se tourne vers le gendarme :

– C'est bizarre, les gosses. On leur apprend à dire papa-maman, on leur donne l'exemple de la droiture et de l'honneur, et dès qu'ils ont un peu de liberté ils se démerdent pour souiller tout ce que vous avez fait de bien dans votre vie. Et encore, s'ils cassaient réellement, s'ils foutaient tout le système en l'air, très bien, on verrait ce qu'ils proposent à la place. Mais eux, c'est plutôt égratigner, parce que pour détruire, encore faudrait-il qu'ils soient des hommes. Pour s'exprimer, ils ont besoin de passer par des voies détournées, par les drogues douces, par les petites ruelles pisseuses du vandalisme. Je préférerais qu'ils aient le courage d'affronter directement l'autorité, ou alors qu'ils ne fassent rien, qu'ils restent dans leurs parcs comme des huîtres ou des nourrissons.

L'adolescent rêve que des martiens débarquent sur Terre et font un carnage.

– Mais non, il faut qu'ils fassent savoir à la société qu'ils existent, il faut qu'ils passent plusieurs années à vous salir, à vous mouiller de leur petit pipi. Et à la fin, on ne reconnaît même plus ce qu'on a fabriqué avec sa chair.

Le camp de Calamocarro, qui s'étale entre le mont Caroubier, la mer et les grillages de Ceuta, accueille des réfugiés venus de toute l'Afrique. Même ici, il y a une hiérarchie dans l'habitat. Les abris en toile, à moitié déchirés par le vent, sont loués dix dirhams par jour. Les baraques, faites avec des tôles et des bouts de carton, sont plus chères. Les Nigérians, qui contrôlent la prostitution et le racket, possèdent les tentes igloos qu'on voit étinceler au soleil, là-bas, bien à l'abri sous les eucalyptus. En tout, le camp compte trois mille personnes. La tente douze, c'est pour le Ghana ; la quinze, pour la Gambie. Les Zimbabwéens, beaucoup plus nombreux, occupent les tentes dix-neuf à vingt-six. Les francophones sont regroupés à l'entrée du camp. Toute la sainte journée, les hommes restent allongés sur les matelas, fumant des cigarettes et jouant aux cartes. Les femmes vont chercher l'eau et préparent à bouffer.

Je me renseigne auprès d'un gars de la Croix-Rouge. Les réfugiés d'ici attendent des papiers pour entrer à Ceuta, mais comme c'est un processus long et aléatoire ils sont prêts à tenter la traversée. Encore faut-il qu'ils en aient les moyens. Les filières sont super organisées. Les clandestins embarquent la nuit sur des *pateras*, des barques à fond plat qui chavirent facilement, et sitôt arrivés en Espagne ils sont lâchés dans la nature. Les Marines marocaine et espagnole repêchent des cadavres toutes les semaines. Comme les *harragas* n'ont jamais vu la mer, ils n'ont pas conscience des risques encourus.

J'assiste à une distribution de nourriture. La police marocaine canalise la foule et les employés de la Croix-Rouge, juchés sur leur camion, jettent des sacs de riz par-dessus le garde-corps. Une mère en boubou donne le sein à son bébé. Je me fais du souci pour ce chiard à moitié condamné.

À l'hôpital de Saint-Quentin, l'interne me l'avait pourtant dit : la dernière fois qu'il avait vu ma sœur, *elle se faisait du souci pour une amie qui venait d'avoir un accident de voiture*. Une copine à elle, vraiment ? Ou bien Chloé « clouée sur son lit d'hôpital » ? Et là, comme par hasard, elle aperçoit papa en visite à l'hôpital, alors qu'il est censé être avec maman en Bretagne.

– Hein qu'il est bel homme ?

Je viens enfin de comprendre. Il faut rentrer à Tanger. En urgence. Je ne respire plus. Pendant les crises d'asthme, on croit qu'on va mourir sur place. Non, je vous en prie, pas tout de suite, pas avant d'être sûr.

Quand j'ouvre la porte à la volée, Mariam est au travail avec un papy d'allure respectable. Il manque d'avoir une crise cardiaque au moment où je le tire en arrière, tout suant et concentré. Il remballe sa limace visqueuse et détale en m'injuriant. Mariam pique une crise de nerfs.

– Tu vas me laisser tranquille, oui ?

Elle me gifle du revers de la main. Peu m'importent les coups. Je vais chercher le journal dans le tiroir de la table de chevet, là où je l'ai laissé en partant. Une autre gifle part.

– Finis, Mariam, finis-moi.

1er septembre

C'est le genre de journées qui ne se raconte pas.

Bête prise à la gorge. Moi qui vois enfin l'évidence.

Papa est en visite. Comme moi. Chacun de notre côté, nous avons ressenti le besoin de voir Chloé, Chloé la magnifique, Chloé la pauvre accidentée de la route. Moi, par remords ; lui, par amour. Et là, dans la cour de l'hôpital, je l'aperçois. Mon père, cet homme renfermé et distant, mon père en papa poule, poussant tendrement une chaise roulante.

Mariam m'interroge du regard. Continue, continue, ne t'arrête pas.

Il est trois heures du matin, c'est déjà demain. Un mois, neuf mois, dix ans… Je suis assise dans la position du petit lapin, comme au temps où Nathalie nous apprenait à danser. Nous étions assises en tutu, cheveux attachés, le dos calé contre le mur, genoux pliés vers l'extérieur, plantes des pieds l'une contre l'autre, exactement comme elle l'avait indiqué. Elle passait devant nous et, en coinçant nos pieds, elle appuyait avec ses coudes sur les genoux jusqu'à ce qu'ils touchent le sol. Pauvre petite fille. Je voulais que papa soit ébahi par la chorégraphie qu'on avait mis si longtemps à mettre au point. Maigrichonne en tutu qui rate son grand écart, enfant timide filmée par les caméras des autres parents, moi je ne dansais que pour lui.

Mariam s'enveloppe dans son châle.

Je suis bien placée pour savoir que la maladie est toujours à rôder. Je viens d'apprendre que l'horreur aussi est dans nos murs. Personne ne peut accepter la vérité que j'ai comprise. Cette maison est une jolie boîte en argent avec quatre pommes pourries de l'intérieur. Je comprends maintenant pourquoi maman veut toujours dormir et papa toujours partir.

Si Frank était là. On regarderait la télé ensemble, ça me ferait du bien. Il me dirait : « Bouge ton cul, sors ! Te prends pas la tête ! » Mais il n'y a plus rien dans ma tête.

Dans la mienne non plus, petite sœur.

Je reste allongée sous le pommier, les yeux dans les trous du feuillage, sondant le ciel à la recherche de Dieu qui m'a abandonnée. Ça m'est égal. Johnny m'emmène au restaurant, il dit : « Il faut que tu manges, tu vas t'écrouler. » Une grosse boule dans ma gorge. Je le regarde lire le menu, commander, goûter le vin, commencer son plat. Tout me semble étranger. Je suis forte, dit-il, je dois me ressaisir. Il ne comprend pas, le pauvre, il ne peut pas comprendre. J'avale deux Tranxène malgré son interdiction. Il me dit que je suis forte et que je vais surmonter tout ça. C'est gentil.

Je vérifie que j'existe. À midi, je me suis fait un œuf sur le plat. La poêle crépitait, il y avait des cloques sur le blanc d'œuf. J'ai approché la main et je me suis brûlée très fort.

Je pleure tant que je ne porte plus mes lentilles ; j'ai remis mes lunettes et je suis vilaine comme tout. Johnny m'a demandé si j'accepterais de me masturber devant lui. Je le méprise. Il n'a aucune pudeur. Je lui pardonne, c'est son vice. Il me viole comme une putain.

Continue, Mariam, oublie ton amour-propre.

Et si je m'étais complètement trompée ? Si j'avais tout interprété de travers ? Ce jour-là, papa se trouvait à l'hôpital par hasard. Un incroyable élan de tendresse me porte vers lui, vers maman, vers Frank aussi. Quelque chose de vital, d'infini. Le sentiment que nous ne faisons qu'un seul être. Je vais essayer d'être plus proche de ma famille, de ne plus soupçonner, de ne plus détester, car c'est la méfiance et la haine qui causent mes maux de ventre. Je vais tranquillement attendre le retour de Frank pour lui parler, je vais sortir, rencontrer de nouvelles personnes.

Je voudrais réunir ma famille et mes amis dans un grand salon chic, leur faire servir un dîner époustouflant et, au moment du dessert, porter un toast. Tout le monde m'écoute.

Papa est en costume. Il est beau. Quand il fait les gros yeux, on se sent comme un escargot sans coquille. Les gens viennent le consulter quand ils ont des problèmes de couple ou d'argent. M. Jolivet, c'est un homme d'ordre. Maman rêve d'enseigner le dessin. Finalement, elle fait du bénévolat à l'aumônerie. Il faut animer la chorale, peindre des vitraux, distribuer des sacs d'habits aux pauvres du Triathlon. Maman est si active.

Ma chérie, ne sois pas déçue, papa a un travail très exigeant. Ça ne l'empêche pas de penser tout le temps à toi très fort. On ne peut pas tout avoir dans la vie : une belle maison, des vacances à la mer, des cadeaux, un papa toujours disponible. Quoi qu'il arrive, papa t'aime de tout son cœur. Tu le sais, ça ? Il t'aime beaucoup, énormément. Oui, maman.

Et toi, grand frère. Grand dadais de vingt-cinq ans qui essaye de noyer son mal-être dans la bière. Toujours l'insulte à la bouche, la bonne conscience du mec « cool ». Tu peux bien dire que je suis une chieuse, une coincée du cul… C'est la triste vérité. Mais moi, au moins, j'ai le courage de regarder la réalité en face. Toi et tes airs de supériorité, toi et tes études sans fin, toi et ta bande de potes, toi incapable de construire une relation, toi muré dans tes complexes.

C'est la triste vérité.

Nathalie. Nathalie la fouineuse, la voleuse, la menteuse. Dans ce trou, c'était la seule qui ait un peu de classe. Dignité de Nathalie pendant les représentations, raideur de Nathalie à la barre, élégance du port de bras. Tu m'as sauvée, à dix ou douze ans, en m'enseignant la rigueur, l'exigence à l'égard de soi-même. Dire que tu as porté le fruit de tes sales amours, que tu as mis au monde la créature qui m'a tout volé : ton affection, l'amour de mon père, la réussite, la santé, tout.

Quand tout le monde m'a bien écoutée, je me déshabille. Les gens n'en croient pas leurs yeux.

J'enlève mon soutien-gorge. Et voilà qu'apparaît le popotin de la catherinette. Mais Claire, c'est quoi ce sang qui te dégouline le long des cuisses ? Va te rhabiller immédiatement, tu es cinglée, Claire, oh mon Dieu ! Je me barbouille le visage. Eh bien quoi ? Je suis une grande fille maintenant, je n'ai plus besoin d'affection. Papa se découvre tout à coup une envie de pouponner. Qu'à cela ne tienne, il va la satisfaire sous un autre toit.

Maman est rentrée de Lancieux aujourd'hui. Papa est au travail, il lui a laissé un mot sur la table de la cuisine : « Bonjour, chérie, j'espère que tu as fait bon voyage. »

Maman, c'est vrai que papa a baisé Nathalie pendant dix ans sous tes yeux ? C'est vrai ? Tu lui as dit, à ton confesseur, que papa t'avait fait un enfant dans le dos ? Claire, tu es folle ! Tu vas prendre un cachet et ça ira beaucoup mieux après. Qu'il n'avait plus envie de coucher avec toi ? Qu'une bonne femme toujours barbouillée, c'est ennuyeux à la longue ? Que toi tu étais trop léthargique pour divorcer ? Claire, ma petite fille, tu files un mauvais coton, ça ne va pas du tout, va faire un petit tour, tu reviendras quand tu auras la tête sur les épaules. Le soir, papa vient me voir gravement dans ma chambre : tu es fatiguée, tu vas aller te reposer un peu chez mémé. Salaud, ne me touche pas !

Quand j'avais huit ou neuf ans, papa m'avait dit qu'on devient adulte lorsqu'on a des enfants et qu'on enterre ses parents – lorsqu'on les remplace dans l'ordre des générations. Moi, j'aurais voulu avoir des bébés, une grande maison avec un jardin, une vie simple et gaie. C'était mon rêve. Et peut-être davantage : j'aurais voulu voyager, lire des livres, inviter des amis. Mais une machine à reproduire les échecs ne fabriquera jamais que du malheur. Mes parents vieilliront seuls et moi je ne vieillirai pas du tout.

Nos parents vieilliront seuls et tu resteras jeune à jamais.

Non, pense Mariam, attends un peu, ton frère va bientôt revenir !

Mon enfance a été heureuse. Je ne fais de reproches à personne. Toute la journée, je me suis répété : tiens bon, ma pauvre fille, ne craque pas, reste digne. Maintenant c'est la nuit. J'ai réussi à ne pas pleurer.

C'est fini. Mariam pose le cahier. Je la paie. Elle peut disposer.

Le camp de Calamocarro. Le mont Caroubier est dans le brouillard. Dans les tentes, les hommes somnolent.

Abdelatif récapitule son odyssée : le bar de Ceuta, le paquet de came, la frontière en pleine nuit, l'enveloppe de fric, les retrouvailles avec son cousin. Il a touché l'équivalent de six mille francs. Son père lui a ordonné de rester puis, voyant que ses injonctions étaient vaines, il l'a maudit : « Tu es un mauvais Marocain, la honte de ta famille. »

On fait le compte : si je rajoute mille balles, il a assez pour partir.

Je rassemble tout son fric et je vais trouver les passeurs qui tiennent boutique dans la tente des Nigérians. Ensuite, je vais chez les Ivoiriens pour vérifier que tout va bien.

Depuis le camp, on a vue sur la mer et le continent européen. Un supplice de Tantale pour les réfugiés. Quand j'étais plus jeune, je chevauchais ma mobylette jusqu'au Marquenterre et en plein après-midi je me retrouvais devant la mer du Nord. C'était autre chose que le petit canal sage avec ses péniches. Les mouettes criaient au-dessus de moi, fouetté par le vent glacial, et je rêvais d'un avenir exaltant, je me voyais mousse sur un cargo en partance pour la Terre de Feu. J'aimais ces parages indistincts, ce milieu amphibie où les joncs poussent dans les étangs d'eau salée, entre ciel et terre et mer. Paysage emblématique de la Picardie : coincés entre Paris et le Nord, on n'a pas d'identité bien fixe.

Souvenir lointain d'une fête foraine. Le Canyon Buggy – un circuit de voitures pour enfants avec des aigles, des super trucks et le mont Rushmore peints sur la carrosserie, le tout dans un décor de faux palmiers et de jets d'eau. « A-a-attention départ », rabâche un vieux, cigarillo au bec, dans son micro à échos. Les parents, rangés sur des chaises en plastique attachées les unes aux autres, font coucou à leurs gosses. Il y a aussi des couples d'ados qui bâfrent des pommes d'amour, des barquettes de frites, des gaufres ou des guimauves vert pomme ou jaune canari ou mauves ou turquoise. Je traîne avec Johnny. On se paie un tir à la carabine et un billet de tombola « pas de perdant ». L'euphorie du kart : crissement des pneus, traces noires sur la piste, puanteur de l'essence, siège pas confortable, virages serrés à toute blinde.

J'aurais aimé avoir une copine.

Elle m'aurait compris en deçà des mots.

Elle aurait su nager, conduire, rire, rouler des joints, rester des heures sans rien faire.

Elle aurait aimé se promener en mobylette sur les routes de Picardie.

Elle aurait eu des cheveux blonds et des ailes.

Elle aurait été fière de moi.

Je revois Chloé, sa beauté, sa force, son indifférence. La beauté, la force et l'indifférence de papa. L'indifférence des frères à l'égard des sœurs – ou l'inverse.

Je revois maman qui sanglote. Une rupture d'anévrisme, imparable, quelle injustice. Pauvre femme, le venin du mensonge arrêtera bientôt ton cœur.

Et mon père. Cher hâbleur qui as délaissé ma sœur pour une autre que je n'ai même pas réussi à entraîner dans l'inceste.

Les secrets de famille sont des vérités sues de tout temps.

Abdelatif vient me voir, tout excité :

– Je pars cette nuit ?

– Tu ne pars pas.

– Quoi ?

– J'ai filé le fric aux passeurs. Mais ce n'est pas toi qui pars.

Abdelatif me pousse. Il croit que je le charrie.

– Tu ne pars pas. Ta place est ici. Rappelle-toi ce qu'a dit ton père.

Abdelatif me regarde avec des yeux de fou et se précipite sur moi, poings fermés.

Peut-être m'a-t-elle laissé une lettre.

Au revoir mon Frank, tu n'as pas toujours été tendre avec moi, mais je pars sans rancœur, je te souhaite bonne chance dans la vie. Plus tard, tu auras des enfants. Promets-moi de leur parler un peu de leur tante qui aurait tant aimé les serrer dans ses bras et les chouchouter. Nous nous retrouverons un jour réunis auprès de Celui qui guide nos existences. Au revoir, au grand revoir, le vrai. Sois fort. Claire.

Une simple lettre.

Il fait nuit noire. La lune est cachée derrière une couche de nuages. L'humidité qui monte du sable et le vent glacé m'engourdissent. L'air est d'une pureté cristalline et je respire à pleins poumons. C'est une nuit inoubliable, une nuit pour courir pieds nus et aimer la vie.

Les premiers commencent à monter dans la *patera*. Chaudement vêtus, ils s'asseyent en silence sur le banc et serrent leur baluchon contre eux. Leur visage est contracté par l'angoisse. Mariam s'approche de moi. Ses économies et l'argent de Claire sont cousus dans la doublure de son manteau. Elle me prend les mains :

– C'est Dieu qui t'a envoyé à moi.

Abdelatif, qui suivait des yeux les préparatifs, se retourne brusquement et désigne Mariam :

– C'est pour cette négresse que tu m'as trahi ? Tu aimes coucher avec *ça* ? Tu ne pouvais pas tomber plus bas.

Je regarde Abdelatif avec réprobation. Le tiers-monde n'est pas très politiquement correct.

J'aide Mariam à embarquer. Elle est la seule fille du groupe. Les vagues noires frappent la coque métallique de la *patera*. Tout proche, piquant les ténèbres d'un infime point rouge, le phare d'Algésiras clignote. Le vent souffle du sud. Abdelatif continue à marmonner dans sa barbe :

– Peut-être qu'ils vont tous se noyer.

Je le dévisage, plus serein que jamais :

– Peut-être.

Cette nuit, Mariam part pour la grande traversée. Dans la barque sont massés vingt hommes de haute taille, robustes, inusables, habitués à tout endurer depuis qu'ils ont quitté leur pays. Ils prient et Mariam prie avec eux.

Pour qu'elle parte en paix, j'ai brûlé son cahier sur la plage, au milieu d'un cercle de galets. Je veux qu'elle soit une *harraga* comme les autres.

– *Inch'Allah*, dit Abdelatif.

Ce n'est pas un mauvais bougre.

Le passeur s'affaire autour de la barque : il vérifie le moteur et le réservoir. Je me penche vers Mariam pour lui donner l'étoile Mercedes de Burnod. Sur sa paume, l'étoile dessine une cicatrice d'argent.

– Pourquoi ? dit-elle.

Elle est en train de pleurer.

– Parce que tu es ma petite sœur, mon étoile au ciel.

Elle glisse l'étoile près de son cœur et, emmitouflée dans son manteau, se pelotonne contre son voisin. Le passeur donne des ordres à un comparse resté sur la plage et, du pied, pousse le rafiot. Emporté par son élan, il grimpe dans la barque et met le moteur en marche. Le vent souffle en rafales.

– Au revoir, au revoir ! crie Mariam.

Au revoir, au grand revoir, le vrai. Sois forte.

Déjà je ne les distingue plus. Le moteur de la *patera* s'éteint dans les eaux noires du détroit. Abdelatif, encore hostile, me tourne le dos ostensiblement. Je m'avance vers lui et je lui tape sur l'épaule :

– Allez, boude pas, t'auras d'autres occases. On a la vie devant nous !

POSTFACE

Du roman à l'enquête

Dès l'âge de huit ou neuf ans, j'ai écrit des textes : la saga du roi Mi-Renard, que je tapais sur la machine à écrire de mes parents ; l'histoire du « tigre qui devint heureux », en classe de sixième ; des journaux de voyage, qui scandaient nos vacances en camping-car. Parmi mes poèmes de lycéen, il y a des pastiches amusants, composés à la façon de l'Oulipo, mais il y a aussi des sonnets pleins d'affectation, qui ne disent rien, sinon : « Regardez, j'écris. »

Un écrivain qui affirme « J'ai toujours voulu écrire » court le risque d'être prétentieux, mais surtout malhonnête : il omet de préciser qu'il voulait aussi être pompier, maître d'école ou astronaute, et qu'il n'est rien devenu de tout cela. Il s'invente une prestigieuse vocation que, pense-t-il, il a eu le courage de mener à bien. De tout temps, il a été un « écrivain ».

Parce que j'aimais ça

Les légendes de soi m'inspirent de la méfiance. Mais il se trouve que, très jeune, j'ai écrit. Des cartes postales. Des lettres d'amour. Des récits d'aventure. Des carnets de bord. J'écrivais parce que j'aimais ça. Parce que j'en avais besoin. Parce que mes parents aimaient les livres.

Mes parents vivaient ensemble dès avant ma naissance, mais leurs bibliothèques étaient restées globalement séparées. Dans leur chambre à coucher, il y avait les romans de ma mère, français et étrangers, Tolstoï et Duras en poche, Stefan Zweig dans une élégante collection rose, tout Balzac en Pléiade, les Grecs et les Latins dans l'édition Budé bilingue de couleur ocre. Les essais et livres d'histoire de mon père formaient un « secteur juif » sur une petite étagère, tout au fond du couloir : Raul Hilberg, Léon Poliakov, Georges Wellers, Rachel Ertel, Robert Paxton, Christopher Browning, Annette Wieviorka et d'autres.

À ma mère se rattachaient l'amour de l'écriture, la joie d'étrenner un cahier et de posséder de beaux stylos, le plaisir de caresser le papier du bout des doigts. Ma mère lisait beaucoup, tout le temps, et je sais par ses anciens élèves qu'elle était une remarquable enseignante. À travers ses lectures, mon père essayait de comprendre ce qui lui était arrivé ; il se débattait dans l'absence, absence de parents, absence de souvenirs, absence de photos et d'archives, absence d'explications.

J'ai reçu une formation généraliste en khâgne, mais, à l'heure de la spécialisation, j'ai opté pour l'histoire. Une fois mes études terminées, je me suis remis sérieusement à l'écriture. À l'âge de quinze ans, je pratiquais la poésie pour sublimer ce que je nommais « mes souffrances ». À présent normalien, je voulais entrer en Littérature, « écrire » pour de bon, comme ces prédécesseurs éminents dont la jeunesse tourmentée avait accouché de quelque chef-d'œuvre. Hélas, je ne savais pas exactement ce qu'il fallait écrire – quels textes, chez quel éditeur, à l'intention de quels lecteurs – pour être reconnu comme « écrivain ». Les manuels scolaires m'ont soufflé : le roman.

Entre la fin des années 1990 et le début des années 2000, j'en ai écrit plusieurs : un pesant roman d'apprentissage, *Antoine*, qui faisait le récit d'une jeunesse désenchantée à l'époque de Mitterrand ; des nouvelles plus ou moins fantastiques ; un court texte, *De porc en fils*, qui racontait les retrouvailles ratées entre un père, éleveur allemand prospère, et le fils qu'il avait abandonné trente ans plus tôt, jeune homosexuel exilé à Paris ; *Âme sœur*, sur les pas d'un jeune homme à la dérive, englué dans un deuil impossible ; un roman inachevé sur la guerre en Bosnie. Avant d'échafauder l'intrigue, je cherchais longuement les noms que j'allais donner aux personnages.

En 2002-2003, j'ai tenté ma chance auprès de tous les éditeurs. J'imprimais mes romans, auxquels je joignais des lettres d'introduction modestes et subtiles. Mes manuscrits soigneusement disposés dans mon sac à dos orange, j'arpentais la rive gauche, faisant des haltes dans les rues mythiques de mon imagination enfiévrée, sonnant à des portes cochères hautes comme la Tradition, disant révérencieusement bonjour à des secrétaires indifférentes, abandonnant entre leurs mains mes « premiers » romans, avant de m'effacer, le cœur plein d'espoir.

La réponse arrivait par la poste en moins d'une semaine. Après quelques gestes propitiatoires, j'ouvrais fébrilement l'enveloppe : « En dépit des qualités de votre texte », etc. La lettre contenait tantôt des encouragements et des conseils, tantôt de ces verdicts cassants qui vous abattent pour un mois. J'imprimais de nouvelles versions, je rédigeais de nouvelles lettres d'introduction, je repartais pour une énième randonnée dans Paris avec mon sac à dos orange. C'était une période triste.

Je n'ai personne à accuser, à part moi-même. Malgré les 400 ou 500 manuscrits que les grands éditeurs reçoivent tous les mois, quelqu'un avait au moins parcouru mes romans. Ces lecteurs avaient tranché, voilà tout.

Une défection

J'ai rencontré Mathias Échenay. Il avait fait des études de commerce et, comme moi, il aimait les livres. Fort de son expérience dans la vente et la diffusion, et désireux de publier le manuscrit d'Alain Damasio, *La Horde du contrevent*, il venait de fonder sa propre maison d'édition, La Volte, spécialisée dans la science-fiction. Brusque en apparence et sensible en vérité, Mathias Échenay est l'un des éditeurs les plus inventifs qu'il m'ait été donné de connaître. *Âme sœur* lui a plu. Il m'a fait confiance ; je lui en serai toujours reconnaissant.

Nous avons confié la « bande originale » du roman à Toog, un auteur-compositeur que j'avais rencontré à New York quelques années plus tôt et dont les chansons tendres et électro m'avaient accompagné lorsque j'écrivais *Antoine*, dans la salle des ordinateurs de l'université Columbia. Florence Manlik, une artiste de talent, a dessiné la couverture, un écheveau de fils bleus qui évoque des volutes de fumée ou les replis d'un cerveau. Je me suis choisi un pseudonyme, Yvan Améry : Yvan avec un Y, pour migrer de la Pologne vers la France ; Améry, en hommage à l'auteur de *Par-delà le crime et le châtiment*, un intellectuel viennois torturé au fort de Breendonk et déporté à Auschwitz, poursuivi par ses souvenirs jusqu'à son suicide dans les années 1970.

Âme sœur est sorti à la rentrée littéraire de 2005, alors que je faisais ma propre rentrée comme maître de conférences à l'université du Maine, dans la Sarthe. Après avoir expliqué à ses étudiants les enjeux des guerres napoléoniennes au début du XIXe siècle, Ivan Jablonka se transformait en Yvan Améry et, maladroitement, répondait aux questions d'un journaliste dans un studio d'enregistrement ou posait avec d'autres débutants pour une photo de groupe du *Figaro littéraire*. Mon roman a été lu par un petit cercle d'amis.

J'aurais pu continuer, retravailler *De porc en fils*, forcer le destin. À la place, je me suis arrêté. Je n'ai pas baissé les bras ; j'ai fait défection. J'ai refermé mes jolis cahiers, j'ai abandonné mes personnages, j'ai renoncé à ma « vocation ». Je ne sais si la publication d'*Âme sœur* avait exaucé ou brisé mon rêve. Peut-être apercevais-je un chemin tout tracé avec, d'un côté, des romans clandestins et, de l'autre, des ouvrages d'universitaire respectable. L'agrément d'une carrière ne me consolerait jamais de l'insuccès des histoires que j'inventais. En fait, trop de questions restaient pour moi irrésolues : comment écrire ? pour qui ? pourquoi la fiction ? qu'est-ce que la littérature ?

J'ai oublié mes manuscrits et publié ma thèse d'histoire. Moi qui voulais écrire des romans, je suis passé au non-texte académique : articles et livres. Je ne renie aucun de ces écrits. D'abord, ils avaient le mérite d'éclairer le passé d'une nation, les non-dits du projet républicain ; ensuite, ils abordaient les questions qui taraudaient mon père, la solitude et la capacité de résilience des enfants qui grandissent sans leurs parents ; enfin et surtout, ils faisaient cheminer souterrainement une idée. Le glorieux passé du roman ne valait pas qu'on néglige l'avenir. Pour refaire de la littérature, il fallait tourner le dos à la littérature.

Mettre au jour les structures

Désormais, je regardais la littérature depuis un autre point de vue, celui des sciences sociales. Ma biographie de Genet, publiée deux mois avant ma soutenance de thèse, s'interrogeait sur la trajectoire sociale du pupille de l'Assistance publique devenu écrivain et sur la signification politique de ses romans. Dans *Enfants en exil*, consacré au transfert forcé d'enfants réunionnais dans les années 1960-1970, j'ai dit « je » pour la première fois, afin de raconter mon enquête, la chasse aux archives, la présence du passé, etc.

Je me remettais à écrire, non pour « écrire » comme les grands romanciers de la bibliothèque de ma mère, mais pour dire des choses vraies sur le monde, grâce à un raisonnement où étaient convoquées toutes les sciences sociales. Le romantisme ne guidait plus ma plume ; j'écrivais parce que j'étais un chercheur. Je produisais des connaissances et des textes.

Histoire des grands-parents que je n'ai pas eus, publié en 2012, a achevé cette mue. Je revenais à la littérature, non par la fiction et la métaphore, mais par les exigences de la méthode. L'histoire était mon école littéraire : elle m'astreignait à la sobriété de ton, à la clarté de style, à la rigueur de syntaxe, à la précision de termes, à la continuité d'un projet intellectuel. Aller à l'essentiel, tel était désormais mon objectif. Sous le chaos du réel, il y avait l'ordre et la cause, la charpente des actions humaines, le miracle de l'intelligibilité. Les natures mortes de Cézanne et les photographies des Becher avaient remplacé les poèmes symbolistes. Pour comprendre nos vies, il était nécessaire d'en dégager les structures et de les faire correspondre aux structures d'un texte. Cette épistémologie était ma seule esthétique. Je ne voulais plus créer des personnages, mais des formes.

Je ne me suis pas « inventé » par auto-engendrement. Au contraire, je parvenais à être moi-même parce que je savais ce que je devais aux autres. Toujours inscrit dans une filiation : celle des grands témoins du XXe siècle, des éternels voyageurs, des historiens et sociologues que j'aime, de mes grands-parents, de mes parents – ma mère l'écriture, mon père la vérité.

En 2016, j'ai publié *Laëtitia ou la fin des hommes*, qui a reçu le prix Médicis dans la catégorie « Romans » (le prix est aussi décerné dans la catégorie « Essais »).

Ce grand honneur était un motif de fierté. Deux ans plus tôt, j'avais affirmé que l'histoire est une littérature contemporaine : les *Grands-parents* et *Laëtitia* en étaient la preuve. Je l'ai dit, je l'ai fait.

Mais ce prix était aussi une source de perplexité : l'historien était reconnu comme « écrivain » sous les auspices du roman. Devant certains lecteurs, il m'arrivait de me récrier : « Je n'écris pas des romans ! Je ne suis pas romancier ! » De fait, tout est vrai dans *Laëtitia*. Rien n'est inventé, tout est attesté, reposant sur des documents et des témoignages. Contrairement aux romanciers, je ne brode pas. Mon propos vise à la certitude. Mon chagrin est endigué par des sources. Mes rares inventions ne sont que des hypothèses, explicitement formulées. Les lacunes de mon enquête sont apparentes, et non colmatées grâce aux rustines de la fiction.

Descendre au royaume d'Hadès

Quand les Éditions Points m'ont proposé de republier *Âme sœur*, sous mon vrai nom cette fois, j'ai accepté avec un brin d'hésitation, parce qu'il n'est pas facile d'assumer un roman qu'on a écrit quinze ans plus tôt : a-t-on entre les mains l'œuvre d'un étranger ou une archive de soi ?

Pourtant, ce roman est le mien. Je l'aime comme il est fait, avec ses qualités et ses défauts, comme je suis ému en revoyant les photos de mon enfance en camping-car. Ses thèmes sont exactement ceux de mes travaux d'historien : secrets de famille, révoltes de la jeunesse, invisibilité des zones périurbaines, nécessité de l'exil, chassé-croisé Nord-Sud.

Surtout, ce roman m'a confronté aux fantômes pour la première fois. Que faire de son deuil ? Comment aimer les morts ? Est-il grave de vouloir parfois s'en débarrasser ? Peut-on échapper à son malheur ? Les questions de Frank sont celles que je me posais alors obscurément.

Tout au long de son enfance, ce jeune homme s'est éloigné de sa sœur, qui est devenue pour lui une quasi-étrangère. Il doit prendre en charge une mort survenue en son absence, une disparition qui ne le concerne pas, mais qui l'empêche de vivre. Il s'oblige à la comprendre, poursuivi par un esprit – une responsabilité – qui le hante et le nourrit tout à la fois : c'est l'« âme sœur ». Alors qu'il veut fuir la disparue, elle se matérialise sous la forme d'un journal intime, c'est-à-dire d'une archive qui fait le lien entre les morts et les vivants. La trace, faisant remonter au père, éclaire tout. Après cette découverte, libéré du passé, Frank peut enfin vivre sa vie.

Deux petites années séparent la publication d'*Âme sœur* et le début de mon enquête sur mes grands-parents. Frank m'a précédé au « royaume d'Hadès, le pays des ténèbres ». Il m'a aidé à composer une mélopée-sépulture : « C'est la mort calmée. Et mon deuil sera fini. » Ce que j'ai fait dire à Frank en romancier, je l'ai dit plus tard en historien.

Sociologiquement, mon porte-parole mémoriel ne pouvait être plus éloigné de moi. À dessein : Frank est moi, de l'autre côté du miroir. Il est tout ce que je ne suis pas, il fait tout ce que je n'ai pas fait.

L'idée du déracinement m'est chère, mais, malgré tous mes voyages, je suis resté le fils de mes parents, l'héritier de mon milieu, l'historien de nos morts. Alors que les autres restent, Frank choisit de partir. J'aime sa rage, elle est un peu la mienne.

Quant à la fiction, elle n'intimide pas le chercheur que je suis. Elle est même profitable, du moment qu'elle s'insère dans un raisonnement qui la signale et l'active : on l'appelle alors fiction de méthode. Le roman lui-même peut vivre dans les sciences sociales, sous la forme du « romanesque » : héros et héroïnes anonymes, voix narratives, souffle du récit, épopée collective. Bien sûr, rien de cela ne doit contrevenir à l'exigence de rigueur, ni à la volonté de comprendre. On échappe à l'arbitraire de la fiction en s'efforçant de collecter des sources originales, et on échappe à l'illusion du vraisemblable grâce à la distance qu'introduit le récit de l'enquête. Le roman a perdu le pouvoir. Élément de la narration en sciences sociales, couleur parmi d'autres sur la palette, le romanesque peut participer à l'invention de formes littéraires nouvelles.

Je ne suis jamais devenu « écrivain ». Historien, oui : j'ai voulu l'être et je le suis. C'est pourquoi, aujourd'hui encore, j'écris. Entré en littérature avec le roman, j'ai continué sans lui. Si je lis des romans, je n'en écris plus ; j'y reviendrai peut-être. Je suis en paix avec le roman, avec les morts – et avec moi.

Ivan Jablonka

Paris, janvier 2018

DU MÊME AUTEUR

Les Vérités inavouables de Jean Genet
Seuil, « XXe siècle », 2004
et « Points Histoire », n° 499, 2014

Ni père, ni mère
Histoire des enfants de l'Assistance publique (1874-1939)
Seuil, « XXe siècle », 2006

Enfants en exil
Transfert de pupilles réunionnais en métropole (1963-1982)
Seuil, « L'Univers historique », 2007

Les Enfants de la République
L'Intégration des jeunes de 1789 à nos jours
Seuil, « L'Univers historique », 2010
réédition sous le titre
L'Intégration des jeunes
Un modèle républicain (XVIIIe-XXIe siècle)
« Points Histoire », n° 474, 2013

Histoire des grands-parents que je n'ai pas eus
Une enquête
Prix du Sénat du livre d'histoire, Prix Guizot de l'Académie française
Seuil, « La Librairie du XXIe siècle », 2012
et « Points Histoire », n° 483, 2013

Nouvelles perspectives sur la Shoah
(avec Annette Wieviorka)
PUF, « La Vie des idées », 2013

L'Enfant-Shoah
(directeur d'ouvrage)
PUF, 2014

L'Histoire est une littérature contemporaine
Manifeste pour les sciences sociales
Seuil, « La Librairie du XXIe siècle », 2014
et « Points Histoire », n° 533, 2017

Le Corps des autres
Seuil, « Raconter la vie », 2015

Laetitia
ou La fin des hommes
Prix Médicis, Prix littéraire Le Monde
Seuil, « La Librairie du XXIe siècle », 2016
et « Points », n° P4639, 2017

En camping-car
Prix Essai France-Télévisions
Seuil, « La Librairie du XXIe siècle », 2018

RÉALISATION : NORD COMPO À VILLENEUVE-D'ASCQ
IMPRESSION : MAURY IMPRIMEUR À MALESHERBES (45)
DÉPÔT LÉGAL : JUIN 2018 - N° 138117 (227800)
Imprimé en France

Éditions Points

Le catalogue complet de nos collections est sur Le Cercle Points, ainsi que des interviews de vos auteurs préférés, des jeux-concours, des conseils de lecture, des extraits en avant-première…

www.lecerclepoints.com

DERNIERS TITRES PARUS

P4766. Des erreurs ont été commises, *David Carkeet*
P4767. La Vie sexuelle des sœurs siamoises, *Irvine Welsh*
P4768. Des hommes de peu de foi, *Nickolas Butler*
P4769. Les murs ont la parole
P4770. Avant que les ombres s'effacent *Louis-Philippe Dalembert*
P4771. La Maison des brouillards, *Eric Berg*
P4772. La Pension de la via Saffi, *Valerio Varesi*
P4773. La Caisse des dépôts, *Sophie Coignard et Romain Gubert*
P4774. Français, Françaises, Belges, Belges, *Pierre Desproges*
P4775. La fille qui lisait dans le métro, *Christine Féret-Fleury*
P4776. Sept graines de lumière dans le cœur des guerriers *Pierre Pellissier*
P4777. Rire et Guérir, *Christophe André et Muzo*
P4778. L'Effet haïku. Lire et écrire des poèmes courts agrandit notre vie, *Pascale Senk*
P4779. Il n'est jamais trop tard pour le plus grand amour. Petit traité d'espérance, *Michael Lonsdale*
P4780. Le bonheur quoi qu'il arrive. Propos fulgurants d'Armelle Six, *Robert Eymeri*
P4781. Les Sœurs ennemies, *Jonathan Kellerman*
P4782. Des enfants tuent un enfant. L'affaire Bulger *Gitta Sereny*
P4783. La Fin de l'histoire, *Luis Sepúlveda*
P4784. Le Jeu du chat et de la souris, *A Yi*
P4785. L'Âme des horloges, *David Mitchell*
P4786. On se souvient du nom des assassins *Dominique Maisons*
P4787. La Légèreté, *Emmanuelle Richard*
P4788. Les Retrouvailles des compagnons d'armes, *Mo Yan*
P4789. Les Fantômes du 3e étage, *Bernard Thomasson*

P4790. Premières expéditions. Quatre du Congo & Terre farouche
Patrice Franceschi
P4791. Grandes Traversées. Qui a bu l'eau du Nil & Raid papou
Patrice Franceschi
P4792. Fils d'homme, *Augusto Roa Bastos*
P4793. La Vie automatique, *Christian Oster*
P4794. Les Guerriers de l'ombre, *Jean-Christophe Notin*
P4795. Comme ses pieds, *Vikash Dhorasoo*
P4796. Fille de l'air, *Fiona Kidman*
P4797. Rebelles, un peu, *Claire Castillon*
P4798. Le jour où je me suis aimé pour de vrai, *Serge Marquis*
P4799. Votre commande a bien été expédiée
Nathalie Peyrebonne
P4800. Vie et mort de la jeune fille blonde, *Philippe Jaenada*
P4801. Les Pièges de l'exil, *Philip Kerr*
P4802. Breaking News, *Frank Schätzing*
P4803. Les Jours enfuis, *Jay McInerney*
P4804. Scènes de la vie future, *Georges Duhamel*
P4805. Soledad, *María Dueñas*
P4806. Entre eux, *Richard Ford*
P4807. Karst, *David Humbert*
P4808. Mise à jour, *Julien Capron*
P4809. Frères Migrants, *Patrick Chamoiseau*
P4810. Nos ancêtres les Arabes. Ce que le français
doit à la langue arabe, *Jean Pruvost*
P4811. Le Testament du Roc, *Denis Marquet*
P4812. Être là, *Véronique Dufief*
P4813. L'Embaumeur, *Isabelle Duquesnoy*
P4814. Jours barbares. Une vie de surf, *William Finnegan*
P4815. Trois saisons d'orage, *Cécile Coulon*
P4816. Songe à la douceur, *Clémentine Beauvais*
P4817. La Femme à droite sur la photo, *Valentin Musso*
P4818. Lucia, Lucia, *Adriana Trigiani*
P4819. Évanouies, *Megan Miranda*
P4820. L'Invité sans visage, *Tana French*
P4821. Âme sœur, *Ivan Jablonka*
P4822. Un funambule sur le sable, *Gilles Marchand*
P4823. Embrouille à Monaco, *Peter Mayle*
P4824. Les Bras cassés, *Yann Le Poulichet*
P4825. Joie, *Clara Magnani*
P4827. Le Polar de l'été, *Luc Chomarat*
P4828. Infidèle, *Joyce Carol Oates*
P4829. Si proche si loin, *Nina George*
P4830. Banditsky ! Chroniques du crime organisé
à Saint-Pétersbourg, *Andreï Constantinov*
P4831. Obsessions, *Luana Lewis*